阿吽

[あ·うん]

〔日〕 向田邦子——著
刘子倩——译

中国友谊出版公司

目　录 / contents

狛犬

门仓修造在烧洗澡水。

他弯下修长的腿蹲在灶口，灵巧地使用崭新的涩皮团扇与吹火竹管，而他的穿着怎么看都与生火烧水不搭界。三件套西装是不久前才从银座的英国屋送来的，领带与镶有晶亮宝石的袖扣，也是他为这天特地挑选的配件。

“社长。”

用人大友一再拉开浴室的门表示他来烧水就好，但门仓每次都摇手说不用。

“我想自己烧洗澡水。”

那家伙就要回来了。好友水田仙吉在睽违三年后，终于要从四国的高松回到东京。这是消除长途旅行疲劳的第一次泡澡，无论如何他都想亲自烧洗澡水。过去也一直是这么做的。

除锈剂烧热的气味变得刺鼻。那是崭新的铁皮烟囱第一次冒出热烟时的气味。崭新的不只有烟囱，还有从桧木浴槽到淋浴间的木板垫子里散发出来的新木头的香气。

门仓是门仓金属公司的社长。年纪正逢后厄[1]的四十三岁，但他不仅没有灾厄缠身，最近更趁着铝制品热销，急速扩大规模，员工也超过三百人，生意相当兴隆。虽然报纸上不停嚷着缩减军备，但中国与欧洲都可能爆发战争，军用品生意前景大好似乎是一般人的普遍看法。虽然光是坐着也有订单自动上门，但这半个月以来，门仓却无心在工作上头。

水田仙吉报出的公司住宅津贴金额是每个月三十元，必须在这个价钱之内寻找合适的租屋。要是再多五元就好了，但仙吉与

1 后厄：日本人认为在某些年龄特别容易有灾厄降临，称为厄年，又分前厄、正厄、后厄。男性的后厄年是二十六岁、四十三岁、六十二岁。

门仓不同，仙吉从中等制药公司的外县市分店店长荣升总公司部长，他得靠微薄的月薪过日子，不敢奢求太高。门仓看了好多户，最后决定租下离自己家很近的白金三光町。仙吉一家对房子的格局一无所知。两人二十几年的交情，仙吉每次自外县市调回东京时，皆由门仓代为找房子。仙吉很安心地全权委托给他。

找到房子后，接下来才是门仓最大的乐趣。先送大盒点心向房东打招呼；更换榻榻米是房东出资，但在种树、修剪树篱方面，门仓毫不客气地砸下大钱；他也让帮佣的大友夫妇打起精神，帮忙准备厨房的木头清洁剂和眼下所需的家庭用品，万一水田家托运的行李晚到，一两天之内也不会不方便。

门仓检查肥皂与浴巾，喝问大友厕所有没有准备卫生纸时，卖鱼的来了，是门仓订的庆祝仙吉升职的鲷鱼。门仓看看手表。这时水田一家应该已从东京车站上了出租车。这次该以什么方式迎接他们呢？对门仓而言，这三年好像就是为了今天这一刻而存在的。

发现“水田仙吉”这个门牌的，是仙吉的妻子多美。

他们依照地图所示，在看到产婆招牌的地方下了出租车，当带头的仙吉领着多美、十八岁的女儿聪子和略微落后的仙吉之父初太郎，各自拎着行李箱与藤箱走进巷子时，多美发现了门牌。或许是累了，多美在火车上看起来慵懒无力，这时候眼睛却特别尖。

“老公，你看。”

仙吉与门仓同年。门仓是个被形容为像西洋版歌舞伎演员羽左卫门一样的美男子，据说他若走在银座街头，每个女人都会回头。而仙吉，却是没有任何女人会回头一顾的男人。或许是想给不起眼的外表加点分量，他留了小胡子，因此看起来特别道貌岸然。

“又不是什么大人物，干吗挂这么大的门牌？”

高兴时反而表现怒气是仙吉的习惯。

“以三十元房租的标准而言，这房子挺好的嘛。”

“是那家伙找的房子，当然不会错。”

玄关旁边是巨大的木莲树，枝头隆起两三个花蕾，露出暗紫色的光亮花舌。木莲花一开，樱花就会跟着绽放，进入赏花季节，不过，东京的风比高松冷。聪子缩起脖子。

仙吉与多美在玄关前等候。聪子想起了六年前的事。父亲从仙台调至东京的总公司，像今天一样委托门仓叔叔代为租屋。当时，一家四口一抵达，玄关门忽然打开。门仓叔叔就像是躲猫猫的小孩猛然出现，以笑脸迎接他们。“这次也会如此吗？”她这么问仙吉。

“对呀。进到屋里一看，火盆已生了火，榻榻米上排放着坐垫，洗澡水烧得正热。他就是想看我们吃惊的神情。”仙吉像在说自己的事迹般得意扬扬。

“难怪门仓先生不到车站接我们。”多美也应声附和，但门仓并未出现。

仙吉的手一碰到玄关门，门就滑开了。

屋内正如仙吉所言。

崭新的榻榻米。才刚重新贴过、仿佛还散发糨糊味的纸拉门内，放着燃烧炭火的瓷火盆。铁壶架在火上，泡茶的用具一应俱全。炭盆里有木炭，房间角落里堆着新坐垫。

仙吉凝视着壁龛里放的竹篮。鲷鱼、龙虾、海螺排放在竹叶上，旁边是挂着“祝贺升职”贺卡的一升装酒瓶。

“他的字还是这么丑。看来唯有在写字方面我略胜一筹。”仙吉像鼻塞般闷声发笑。

多美打开壁橱，开口发话：“老公，你看被子是绢布做的。”

“只是在托运行李送来前暂时凑和用的被子，用租的不就好了？干吗这么浪费钱？”

壁橱的下层，连包了枕套的枕头与睡衣都有。

房子的格局也无可挑剔。

起居室三坪[1]、客厅四坪，接着是夫妻的卧室三坪。靠近厕所、玄关旁那间两坪多的房间里准备了烟灰缸，大概是要当作初太郎的房间。门仓知道老父亲与儿子关系不佳，彼此连话都不说，因此特意把他的房间与夫妇俩的房间隔开。二楼有一间两坪多的房

1 坪：日本用语，计算房屋、建筑用地的面积单位。1 坪约合 3.3057 平方米。

间，以及一坪半的储藏室兼房间。两坪多的房间里，还在小花瓶里插了桃花，像要强调这是聪子的房间。

浴室的玻璃被蒸气熏得模糊。

仙吉掀开浴缸的盖子，衣服没脱就伸手进去，就此不动。连聪子也很清楚，他不只是在试水温。

厨房里，多美已打开米缸。里面装满了白米，还放了量杯。多美掬起白米，任由米粒滑落。

“妈，高松的米和东京的米不一样吗？”

聪子问母亲，但多美或许是没听见，并未回答。多美看起来很美。坐了一整天的船与火车，她的头发和衣服都乱了。加上或许是因为油烟，脖颈一带看起来也有点脏。即使如此，她还是很美。过去，聪子从未感到母亲特别美丽。多美的体形娇小，唯一的优点是皮肤白净，五官却长得很普通。

她动不动就生气，仙吉形容她每次一生气，就会“露出像小学一年级孩子赛跑的表情，明明都这把年纪了”。聪子喜欢母亲那时候的面孔，但是她从未将母亲当作女人来观察，评断过美丑。

把米粒掬起又撒落的母亲，眼下的卧蚕比平时更鼓，还微微泛红。骤哭骤笑、情绪激动时，母亲的眼睛就会变成这样。聪子想，母亲是为门仓叔叔的细心周到而喜悦吧。直到又过了一阵子，她才发觉原来还有另一个缘故。

"巴达维亚"是目黑车站前的咖啡厅[1]。

门仓正在店内深处的卡座抽烟。还不到开门营业的时间，四五个女服务生正在画眉毛或者吃外卖送来的拉面。

据说这里本来是卖榻榻米的店，的确，门口虽有霓虹灯及彩色玻璃努力展现妖艳，可是到白天就原形毕露，有种在睡午觉似的随意，门仓经常来店里报到。在白金三光町替仙吉租房子的理由之一，也是因为离这间"巴达维亚"很近。

要是再早半个月就好了，门仓觉得很遗憾。至少提前十天也好，若是仙吉一家能早点来东京，就可以摆出雏人偶装饰。聪子

1　咖啡厅：在大正、昭和时代，是指有女服务生陪酒的餐饮店。

没有雏人偶，她以前只拥有过可以放在掌心的内里雏[1]。“你就这么一个女儿耶。”门仓如此责问仙吉。

“我的工作经常调职。难道要扛着四五层高的雏人偶搬家吗？”

仙吉一家的搬家费用由公司包办，一丝不苟的仙吉考虑到公司的负担，为了每三年左右的搬家工程，尽量不增加家具。

一家四口走进无人的屋内，客厅有摆放雏人偶的层架与红地毯。门仓故意不露面，想象他们惊喜交加的表情，乐趣也变成双倍甚至三倍了。但门仓还是有点牵挂。

这时一团热乎乎的肉体自隔壁扑过来撞上门仓，是年轻的女服务生礼子。她抢去门仓刚点燃的香烟，叼在自己的嘴里。

去年的平安夜，他包下这间店玩得很疯。他与礼子也是在那晚有了进一步的关系，从此，礼子在店里几乎不再说话。虽然不说话，却用身体示威。她是个体温很高的女人，身体一贴过来，

1　内里雏：指只有一对天皇与皇后的雏人偶。

就像被海狗黏在身上。夏天可惨了，门仓苦笑着又点燃一支烟。

仙吉的新玄关亮起门灯，鳗鱼店送外卖的店员走了。就在他们托付完附近鱼店代为料理鲷鱼和龙虾、仙吉洗完澡正在小酌一杯时，鳗鱼套餐送来了。这是门仓的精心招待。仙吉只要一如既往地安心等待即可。

正要关上玄关的多美，发现门仓抱着一个大大的方形箱子走进来。

“门仓先生。”

仙吉从起居室冲出来。光脚跳下脱鞋口，二话不说就朝比他高出一个头的门仓挥拳。

“我忘记装收音机了。别闹了。真空管会歪掉。”门仓闪躲想要揍他的仙吉，一边朝多美身后的聪子发话，“聪子变成小美女了呢。已经可以嫁人啰。”

仙吉说：“还早得很呢。”多美却回答：“有好对象的话，麻烦你介绍一下。”

“你们夫妻俩各说各的，我这个当叔叔的很难做耶。”门仓说着一笑。

多美正式跪在门口行礼。

“门仓先生。这次样样都麻烦你费心，真不好意思。”

仙吉一边拍打脚丫上的泥土，一边插话：“别说这么见外的话了。也不看看我们是什么交情，对吧？”

“嗯。”

“小心横梁。”

被矮小的仙吉这么一说，门仓倏然缩头，让聪子推着走进起居室。多美将门仓的鞋子并拢摆好，那是比丈夫大一号、高级哥多华皮革制的新鞋。崭新的皮革，有种年轻的野兽气息。她将仙吉的鞋子往旁一摆，仙吉脚背高、脚盘宽，鞋子都撑到变形了，她不禁念头一转，又把门仓的皮鞋单独放在脱鞋口的石板上。

起居室里，仙吉正在对已开始组装收音机的门仓抱怨。

“等行李送来，不就有收音机了嘛。”

“出了新机型喔。”

“像你这样，就叫作吃得多、拉得多。即使赚得多，也不能这样花钱如流水。”

“反正又没有人可以继承财产，有什么关系。”

门仓没有孩子。

“嫂夫人还是老样子？”

听到多美的问题，门仓停下弄真空管的手，比画出刺绣的动作。

“从早到晚，都在搞这个。”

门仓的妻子，好像很投入刺绣。

初太郎背对大家，坐看晦暗的庭院。

“为了老太爷，我还特地大手笔种了一些树。”

门仓说完这句话后，今年正月满七十岁的老人，举起一只手打招呼。

“这种玩意儿，根本不算是树。”老人板着脸，说出不客气的话。

比初太郎的脸更臭的是仙吉。

“别提树木的话题。”他以低沉却严厉的声音劝阻。

门仓故作开朗地说：“应该不会再起那种念头了。”

他替双方打圆场。

“那种病，到死都治不好。”仙吉的话中带刺。

据说卖鸟的人会越来越像鸟，剖鳗鱼的工人会越来越像鳗鱼。初太郎就像树，而且是老树。虽然体格壮硕、五官气派，却阴暗孤独又苍郁，连耳朵里面都不忘长出硬毛。

初太郎是个山师[1]，或许称为“前”山师更正确。山师又分为金、铜、锰之类矿物的山师，以及松、杉、桧等树木的山师，初太郎是木字旁的那种。他把钱都砸在山林，仙吉因此无法念日间部大学。父子俩一旦有了芥蒂，正因为血浓于水，心结也就更严重。不幸的是，彼此都是不肯妥协的脾气，在一个屋檐下就成了相看两相厌的“敌人”。无论说话再怎么不客气，初太郎肯开口，至少证明他并不讨厌门仓。

1 山师：指以探勘、挖掘、鉴定矿石为生，或买卖、砍伐山林的人。也指从事投机买卖牟利的人，因此引喻投机者或骗子。

聪子从小就喜欢父亲仙吉在，门仓叔叔也在，中间还有母亲多美泡茶斟酒这样的情景。平日不苟言笑、只会骂人的仙吉，当有门仓在场说笑话时就经常大笑，对多美与聪子的疏失也变得宽宏大度。整日绷紧神经、害怕被暴躁丈夫斥骂的多美，与门仓在一起时，也变得举止从容，特别爱笑。

仙吉在神田某间卖秤的店里当学徒。

这是志贺直哉写的《小僧之神》的开头。聪子看到这段时，不禁放声大笑。文章里的仙吉与父亲同名。于是这个冲进路边卖寿司的摊子，抓起寿司才注意到价钱而不知所措的小僧，总令她想到年轻时的父亲。

仙吉穿什么都不出色，体形也不太好，换言之，大概是欠缺光彩。门仓是伟男子，仙吉顶多是掌柜。门仓拿在手里是洋气的史迪克，仙吉一拿就成了盲眼按摩师的拐杖。门仓若是红花，仙吉就是绿叶。门仓身上有种只要他在场便可取悦周遭的特质，而仙吉一出现，大家就莫名其妙地冷场或是感到扫兴。从头到脚都正好相反的两人为何会这么投缘？聪子怎么想也不明白。

夹带杂音响起的收音机播出缩减军备的相关新闻后，仙吉与门仓的话题就完全专注在时局上了。

“军用品需求大增，你八成笑歪了吧。你的公司行不行啊？”

“怎么了？”

“不是听说有些因军用品需求大增而赚钱的工厂虐待工人吗？报纸都登出来了。据说警视厅的工厂课[1]正在进行抽查。”

“那是大工厂才有的事。”

“说来说去，还不是生意好得很。成天嚷着缩减军备难道是假的吗？”

聪子见母亲不碰鳗鱼有点担心。或许是因为在火车上时，母亲说口渴而吃了太多橘子。

突然间，多美捂住了嘴。她随即拿袖子蒙住嘴巴冲进厨房，

1 警视厅：即警察厅。课，即科。

似乎在水槽边呕吐。仙吉按住躬身欲起的聪子，自己跑向厨房。两三次作呕声传来。停下筷子的聪子发现，每次母亲一呕吐，门仓叔叔的喉结就像吞咽口水时那样蠕动。还在继续动筷子的，只有初太郎一个人。

仙吉回来了。

“是火车便当吃坏肚子。”

不可能，聪子想。

“火车便当我也吃了。大家不是都吃了吗？怎么会只有妈妈一个人吃坏肚子。”

“要看每个人当时的肠胃状况吧！”仙吉说着坐了下来，初太郎却不看仙吉径自嘀咕：“该不会是有了吧？”

“有了？怎么可能！”

仙吉正要笑，多美走进来了。

聪子见了，赫然一惊。

多美露出不知道是哭是笑、是怒是羞的眼神，四种情绪混合，看起来似乎不知如何是好。

“在火车上拼命吃橘子，原来是因为那个吗？”

仙吉愣住了。留胡子的男人张着嘴的模样，看起来非常蠢。

“那不是喜事吗？”门仓笑着用装冷酒的杯子撞向仙吉，他笑着一再碰杯。聪子很担心杯子会破裂。

黑暗中，两盏灯笼如幽魂飘摇前进。这是白金三光町后面，被众人简称“传研”的传染病研究所旁的道路。灯笼一盏高，一盏低，是门仓与仙吉。喝醉的门仓坚持要提灯游行庆祝，硬是把准备打烊的杂货店玻璃门敲开，买来灯笼。

“干杯！干杯！”

一边连呼“干杯”，一边提灯行进的两人引来了大概是刚从澡堂回来或工厂夜班下班的工人侧目。眼见门仓甩动灯笼连呼“喝！喝！喝！”仙吉连忙劝阻他别闹了。

“要是遇上警察，会被抓走喔。”

“你这是什么话？国家又多了一个宝贝呢。这是千秋万代的好事。”

“你想想看咱们的年纪。我今年是后厄的年纪。现在是三月，等孩子出生时，多美那婆娘都四十岁了，老蚌生珠会惹人笑话。”

“这种话，只有嫉妒的人才会说。”

“我女儿都十八岁了。”

踉跄前行的两盏灯笼中，较高的那盏烧了起来，是门仓甩动的幅度太大了。只见高的灯笼与矮的灯笼在黑暗中忽左忽右，似乎是在慌忙灭火。

门仓与仙吉在“目黑电影院”旁的路边摊并排坐下。一盏熄灭的灯笼放在仙吉脚边。

好似变了个人般缄默不语的门仓，这时以异常沉重的声音开口：“有件事想跟你商量。”

“我知道。”仙吉也语气凝重地回应，“二十年的交情了。这点小事还猜不到，怎么得了？”

“你猜到了？”

“一定是要我让你给孩子命名，对吧？”

“才不是。”门仓一边把酒杯放在掌心转动一边继续说道，“等孩子生下来，如果是带把的，对你来说也是第一个儿子，我会说声恭喜，干得好，就此乖乖放弃。但如果是没有带把——”

“如果是女儿……”

“能否送给我？”

仙吉朝门仓的香烟伸手，是“飞船”。他郑重其事地抽出一根点燃。

“不行吗？”

“……我很高兴。”仙吉低声呻吟，好像喊了一声水田，但是听不清楚。仙吉的动作就像在享用天皇恩赐的香烟，吐出飞船的青烟。

“如果是男孩的话请你见谅，若是女孩，我很乐意双手奉上。”

“真的可以吗？”

仙吉大大地点头，门仓仍语带不安地说：“可是，嫂子……”仙吉则回了一句：“那可是我的种。”

仙吉一本正经地耍威风。

聪子正在水槽冲洗吃完的鳗鱼套盒。崭新的厨房，即便只是扭开水龙头的一个动作也很不习惯。水柱猛然喷出，水花溅到她脸上。

背着母亲偷看《家庭大医典》中“妊娠”的相关内容。她还没有出声说过这个字眼，她一直以为那和自己家无关，母亲却怀孕了。《家庭大医典》的“产科·妊娠”第一章是“妊娠的成立”，第一行“妊娠通过精子与卵子的结合而开始”这段叙述浮现在聪子的脑海中。家中的空气好像突然变得黏稠。矮桌上，放了一份没人动过的鳗鱼饭。

多美将两个坐垫并排在一起，没有脱下衣服，就这么躺着。聪子将铺着报纸的脸盆放在她枕边后，她闭着眼说：“你吃得下的话就把鳗鱼吃了吧，剩下太可惜了。”

“够了！好像堵在胸口似的难受。”聪子回话的语气很冲，有点慌张地赶紧补充，“我不吃了，还是妈妈你吃吧。书上不是常说，一人吃两人补。”

多美浅浅一笑，但依旧闭着眼。或许是受五烛光母子灯泡的灯光影响，母亲好像忽然变得苍老。她脱下来扔在脚边的肮脏足袋，被塞在了另一只足袋里，看起来也显得异样猥琐。

仙吉心情极佳地归来时，已是半夜时分。

“门仓那家伙，你知道他说什么吗？”他摘下自己的绅士帽，戴在刚起床的多美头上，“他说生下来的孩子若是女的，就送给他。”

原本还昏昏沉沉打瞌睡的多美，一时不解其意。

“我眼泪都掉出来了。能够调回总公司固然高兴，那家伙求我把孩子给他更让我开心。”

“你喝醉了。”多美本来要笑，突然脸色一僵，“你是认真的吗？”

“我已经答应他了。”

“你说要把小孩给他？”

“我说如果生下来是个带把的就免谈，但要是没有带把的话……”

“开什么玩笑？”

“喂。”

“别开玩笑了。”

“你不愿意吗？”

多美没回答，摘下仙吉戴在她头上的绅士帽，粗暴地往矮桌上一放。

“为什么？”

“这还用问吗？那种事会问为什么的人才不正常。”

“不正常的是你吧？那可不是别人，是门仓耶。”

“我知道。门仓先生的确对我们很照顾。只要说声调职或搬家，他绝对不假手他人，尽心尽力地替我们打点一切。他不肯收钱，所以我们的确欠了他很多无法偿还的人情债。但是，就算有天大的人情，唯独孩子……”

“不是人情。”仙吉的声音不胜唏嘘，“你不开心吗？那么了不起的男人，居然说想要我们的孩子耶。”

仙吉把压扁的帽顶复原，继续说道：“那家伙什么都有。有地位，也有钱，有好亲戚。不但能说会道，朋友也多，人人都喜欢他。他身材也高，颇有男子气概，也很有女人缘。我啊，在你面前才敢说，下辈子投胎，我想成为那样的男人，我打从心底这么想。还有……”

他停顿了一下。

“那家伙非常欣赏你，明明是对女人那么挑剔的家伙，唯独你说的话，他不是向来百依百顺吗？”

聪子走到楼梯一半就停下脚，再也动不了。

“那家伙说，因为那是我和你的孩子，他才想要。”

“你真的不在乎吗？”

聪子站在门口的台阶处，察觉一条细细的光带在伸长，似乎是初太郎将纸门拉开一条细缝在偷听。

“我可不愿意。”多美低沉却清晰的声音传来，“请你拒绝他。”

就此戛然无声。

光带无声消失，紧闭的纸门后传来初太郎的重咳。

门仓的住处在广尾。

随着事业扩大，住的房子也变大了。家具用品也很奢华，却也因此显得空旷冷清，仿佛是别人家。门仓只是回家睡觉，等于是妻子君子与重听的帮佣阿婆两人的住处。君子比门仓大五岁。门仓自军队归来罹患肺病，在疗养院待了三年，因此与她结识。君子不仅容貌秀美，人也很贤惠，对于门仓在外拈花惹草不曾说过半句话，无论门仓几时归来，她都会头发一丝不乱地出去迎接。喝醉的门仓曾对仙吉说，这种时候，君子周遭好像散发出消毒水的气味。

那晚，门仓哼唱着当时流行的《黛娜》，以跳舞般的步伐将外衣递给君子。

“我决定收养孩子。”

君子抱着外套伫立片刻，凝视着站在洗手间拿香皂洗手的门仓的背影说道：“什么收养，说得真好听！”

因为开着水龙头，门仓似乎没听见这句话。

“我看不是收养吧，你何不直接说是认养呢！”

“不是那样，是收养。”

“是你的孩子吧？”

这次轮到门仓呆立。

“你刚才说什么？”

“我说，是你的孩子吧？”

门仓湿淋淋的手，在君子的脸颊上发出响亮的声音。

“你胡说什么！我一根指头都没碰过人家。是那家伙和他太太的小孩。”

“那家伙……”

“是水田的啦。”他说完，又继续问，“你的嘴巴，没事吧？”声音变得不知是道歉还是安慰。

“水田先生家要生小孩了？”

“听说十八年没生过了，他们还不好意思呢。”

门仓把毛巾交给君子，说道：“如果你反对，那我就一个人抚养。”

“谁说反对了？”

“那你赞成？”

镜中映出君子的笑脸，左颊有红红的指印。门仓不想看到悲哀与嫉妒。他一如往常，佯装不知。

“预产期是什么时候？”

大概是今年秋天吧，门仓背对着回答。他回寝室换衣服，君子没有立刻跟来，她要把做到一半的刺绣告一段落后再跟上。

当仙吉家的行李送达、总算都安顿下来的时候，多美一早起来就没看到初太郎。她急忙摇醒仙吉。

“他每次都这样，别管他。”仙吉说，整个人埋进被窝，但被多美拽出来，只好勉强走进初太郎的房间。没收拾的被子上放着折好的睡衣。被子还留有余温。

“他应该没走远。”

“第一班电车应该还没发车吧？”

“第一班是几点？”

"我还没查。"

"笨蛋！为什么不先查一下！"他大吼。

"那我现在赶去车站看看。"多美说着就想跑，仙吉再次朝她吼了一声"笨蛋"。

"你不准跑！聪子！"他朝起床的聪子大吼，叫她立刻去车站。

"我给你一元。"

多美小声说的话被仙吉听见，他再次怒吼："用不着给一元！五十钱[1]就够了！"

聪子从玄关飞奔而出，正要拉开门闩，赫然发现初太郎的身影。

初太郎正在院子里生火。他在烧搬家用的家具、木框与绳子。

仙吉又朝多美怒吼："一大清早的生什么火啊！你叫他不要

1　钱：日本当时的货币单位。一元等于一百钱。

搞这种吓唬人的举动！”

“你们不是父子吗？你自己跟他说。”

仙吉当着回嘴的多美面粗鲁地甩上玄关的玻璃门，径自走入屋内。

初太郎曾在只要说出名称一般人都知道的一流物产公司上班，而且爬到了相当高的位置。然而，有次偶然负责采买木材后，竟令他的后半生大大走调。他从此对山林中了邪。

看着山林，想象五年或十年之后杉树与桧树会长到多么巨大，在脑海描绘幻想中的山林、推估价格、进行买卖的醍醐味令他难以忘怀。只要赌中了便可不费吹灰之力赚得巨款，他大概想如此一攫千金。于是初太郎辞去工作，从此以山师的身份独立。起初赚过一点小钱，之后却一再地看走眼，在穷途潦倒中，他的妻子，也就是仙吉的母亲死去。也是在这个时期，仙吉虽然考取了日间部大学，却只能放弃改念夜间部。初太郎甚至曾因资金周转不灵，偷偷拿仙吉的印章解约他的定期存款，结果闹得鸡飞狗跳。

讨厌赌博、个性一板一眼的仙吉无法原谅父亲，他虽尽了赡养的义务，却再也不肯跟父亲说一句话，就这样过了十年。

仙吉趴在被子上抽烟时，多美递给他刚送来的早报。

“你告诉他，如果要生火，就拿山林的地图与工作用的足袋烧！”

“他不会再去了。他现在腿脚也不行了，更何况没有钱他根本动弹不得。”

“你要小心点，别让他把钱拿走了。”

“父子俩还这样，真讨厌。”

“我也跟门仓那家伙讲过了，叫他千万别借钱给老头子。万一在买卖的山中上吊变成新闻话题，成为笑柄的可是我。”

多美默默推开遮雨板。

初太郎正忙着扯掉缠绕松树根部的藤蔓。不只自家院子的树，无论是行道树还是神社的树，只要有藤蔓缠绕他都会仔细清除。他说，不清除，树木会长不大。看着树木时，初太郎宛如葛樱[1]

1 葛樱：以葛粉皮包覆豆沙馅儿，外裹樱叶的清凉日式点心。

的眼睛，闪闪发亮。

多美蹲在井边正洗衣服。二楼传来聪子的弹琴声。她在车站附近找到同一个流派的古筝老师，从明天起要去上课，所以在暌违多时之后，又竖起琴柱复习筝曲。多美从上次之后就不时感到胸闷作呕。本来找古筝老师之前应该先找产婆才对，但多美借故拖延了一天又一天。

眼前出现一双绿色的时髦高跟鞋，是一个围着狐狸领围、穿洋服的年轻女人，头发是现在流行的短发。可能是因为她噘起的嘴唇涂得鲜红，看起来很像庙会上卖的狐狸面具。她是“巴达维亚”咖啡厅的礼子。

“你是水田太太吗？”礼子确认地问道，多美点点头。

“请你不要多管闲事好吗！”她扯尖嗓门道，“我不知道你有多了不起，但是男女之间的事你最好不要插嘴。”

她在说什么？多美完全摸不着头绪，指尖还泡在脸盆里，就这么愣住了。

“拜你所赐，那个人，说要跟我分手啦！”

“那个人……”

“他说水田太太怀孕了，他要收养那个孩子，所以要跟我分手。他说，要做父亲的男人如果行为不检点会难以交代。简直是笑死人了！用这种东西是无法让女人死心的，太太请你帮我跟他说，把这个还给他。”

礼子从手提包取出一个白纸包裹的东西丢向多美。大概是包得很随便，纸包散了开来，百元钞票撒落一地，还有几张漂浮在脸盆里。

多美见了，向前屈身想捡起泡在水里的钞票。木屐的鞋带顺势扯断，下腹重重撞上盆边。

多美痛得说不出话，礼子慌忙扶起她。

“你还好吗？”

“别管我，快捡起钞票，否则会湿掉。”

多美按着下腹，与礼子一起捡钞票。她们将浸湿的百元钞票一一压上棋子，放在檐廊晾干。多美替礼子倒茶，一边问起她与门仓的纠葛。礼子似乎是个好女人，客气地说什么都不肯进屋，斜坐在檐廊边啜饮茶水。

“那么，你不会把孩子给他？”

“养不起的话或许另当别论，否则，怀胎十月生下的孩子怎么可能送给别人。我已经叫我先生回绝了。”

“你先生开不了口。”

礼子对仙吉与多美的事很清楚，大概是门仓在“巴达维亚”说过。

“说到水田太太时，门仓先生的表情都不一样了，就像小男生把珍藏的糖果含在嘴里滚来滚去似的说话。”

为了晾干的整沓百元钞票要不要还，两个女人又争执了半天，但这次不是带有火药味的争执。最后，决定由礼子亲手把钱还给门仓，而多美发现自己的毛织衣服破了，膝盖也有擦伤。

那晚，门仓登门道歉。

他郑重地跪在多美面前说：“做梦也没想到，那丫头会跑来找嫂子算账。”“事情过去就算了。”多美投降似的说。

“怎么能这么爽快地原谅她。”

门仓的语气听来不服。仙吉说：“你很错愕吧。如果没有更愤怒地骂你，就感觉很没劲吧。”

仙吉说得一针见血，门仓罕有地心慌意乱。为了女人的事被多美责备或给予意见时，门仓看起来很幸福。替门仓撑腰，或与多美一起谴责门仓太无赖的仙吉，看起来也同样高兴。这种乐趣，如此轻易画上句点太可惜了。就算不提那个，这三年来他也一直在等待这种乐趣。

老实说，多美并没有那么气愤，她甚至对礼子有种亲近感。

“上次来的人，看起来还不错嘛。”

“她就是太倔强。”

门仓羞愧地抓抓头。仙吉摆出和事佬的面孔，

“如果太软弱，也当不了职业妇女吧。”

咖啡厅的女服务生也算是职业妇女吗？多美不禁笑了一下。仿佛是被她的笑容激励，门仓又重提小孩的话题。

“我会好好抚养的。不管怎样都会让她一辈子不愁吃穿，不，

极尽奢华……”

“那可不行。就算姓氏不同，和聪子终究还是姊妹。如果贫富差距太大，双方都会很可怜。”

“如果贫富差太多不妥的话，我会让双方一样。喂，水田。”

被门仓的眼神催促，仙吉漫声沉吟。

多美怀疑呻吟的是自己。体内好像有什么东西在抽搐、扭绞、沸腾着。她刚才本来已按捺住的东西，再次濒临爆发。她必须赶紧将对话告一段落，去一趟洗手间。

“门仓先生，唯独那件事我……”

多美仿佛堤防溃决，热流溢出。剧烈的痛楚令她讲不下去。

仙吉讶异地看着把话吞回去的多美。

“喂，你怎么了？”

是那种心情很好的悠哉语调。

“你到底怎么了？”

“不好意思，请你出去。”

两人面面相觑。

“喂！”

“我站不起来了。把灯关掉，老公，你也出去。”

多美捂着肚子，弯腰不起。她已满脸冷汗。

聪子抱着装苹果的纸袋，一路跑回来。家里的水果吃完了，所以派她出门采买。多美指定的蔬果店已早早打烊，她只好一路跑到大马路上的别家去买。每次门仓来访，连自己都好像心头亮起明灯。再加上，在水果店听到的消息也令聪子激动不已。

她正要进门时，抬头一看，木莲的花蕾已盛开，垂落一枚暗紫色的花瓣，看似狗舌头。她拉开玄关门，忍不住大喊：“你们听说了吗？忠犬八公死掉了！听说是今早，在车站旁断气的。那只狗，据说今年十三岁了呢！”

初太郎蹲在门口抽烟。

“爷爷，你在这里做什么？”

脱鞋口排放着陌生的男鞋，以及白色的女鞋。

“谁啊？有客人？”

“是医生和护士。”

停顿了一拍，初太郎嘟囔。

“孩子好像流掉了。”

医生与护士小姐走后，聪子关上玄关的门。

仙吉走回里屋。男人的号泣声不经意间传进聪子耳里。是门仓。檐廊的纸门外，面向庭院而坐的门仓，正在放声大哭。仙吉坐在略远处。与门仓同样的姿势，抱着双膝，凝望暗夜的庭院。一旁的多美，眼角迅速滑落泪水。

初太郎冷不防地说：“它们是狛犬啊。”

他指的是神社的鸟居底下姿势相同的石犬雕像。两只看似一模一样但嘴形不同。一只叫作“阿”，一只叫作“吽”[1]。

聪子这才想到，好像的确听过“狛犬公·阿”和“狛犬公·吽”这样的说法。

1 阿吽：本是佛教咒语之一。“阿”是张嘴的第一个音，“吽”是闭嘴的最后一个音，代表宇宙的开始与结束。而狛犬作为宗教象征，一只张嘴，一只闭嘴。形容两人的行动合拍极有默契时，会称为“阿吽的呼吸”或“阿吽之交”。

不经意间，她想起教育敕语[1]的一节：

夫妇相和

朋友互信

校长戴着白手套，恭敬朗读，全体垂首聆听，但爸妈与门仓叔叔的情况，不只是那样。

两句话的背后，似乎有一个令人胆战心惊的阴暗洞穴。

1　教育敕语：明治天皇针对日本教育的基本方针做出的敕语。1890 年颁布，强调忠君爱国的国民道德。

蝴蝶

仙吉学习小提琴已有三个月。

向来以无嗜好又笨拙为本色、月薪微薄的仙吉，不可能一个人做那么不自量力的事，一切都是门仓的安排。

多美流产不久，门仓便抱来一个细长的大行李。他叫仙吉一家人打开看看，聪子拆开包裹，有两个黑皮的葫芦形箱子。她接着“咔嚓”一声打开锁扣，原来是小提琴。

“我决定开始学琴，水田，你也陪我一起学。”

上课时间是每周六下午，至于地点，他请求借用水田家，因为想认真学习，据说老师也是特地找来了白俄[1]的女士。

仙吉是音痴。连口琴都学不好，小提琴就更不用说了，他退缩不前地叫门仓放过他，门仓却充耳不闻。多美与聪子都觉得门仓未免太霸道，但之后才明白他的真正用意。

门仓只是想逗多美一笑。

周六下午，多美与聪子笑个不停。仙吉中午就下班回来了。他弓着身子，满身大汗地急忙赶回家，匆匆吃过午餐，说要振奋精神还吞了生鸡蛋，但母女俩从那时起就已经快要笑死了。之后门仓出现，教琴的佩丘林斯卡雅女士也来了。她光是名字就够古怪了，讲起日语更是无厘头。虽然相当流利，但毕竟不是母语，有时难免有点悲哀。

例如，"五十步笑百步"这句谚语她就不懂。她以为是指一百五十步。小学音乐课教的《鸭越》，她也会唱成"鱿鱼四只脚，

1 即俄罗斯。

马也四只脚[1]”。

她是个瘦瘦的中年女人，脚却很大，她的鞋子与门仓的放在一起毫不逊色。一旦觉得好笑，不管看什么都成了笑话，两个男人拿小提琴往女老师面前一站，开始拉出声音后，母女俩就在厨房里弯下腰拼命憋笑。

她们也曾被来厨房喝水的仙吉发现，怒骂一顿：“有什么好笑的！那么想笑的话，一早就好好笑个过瘾！”母女俩被他这么一说更觉得好笑，只好闷声忍住，憋得身体东倒西歪。

在其他方面很灵巧的门仓，碰上小提琴似乎也不管用了，怎么也拉不出像样的声音。

“要把羊肠搓成的东西拿马尾的毛摩擦出声音，那根本是变魔术。”仙吉傲慢地说。

对于仙吉与门仓是怎么认识的，曾听两人向佩丘林斯卡雅老师说明。

1 正确歌词应是“鹿也四只脚，马也四只脚”。日文的“鱿鱼”念作 Ika，“鹿”则念作 Shika，因发音相近而容易搞混。

据说两人是卧铺战友。

征兵检查判定为甲种合格者有义务服兵役。

在那里，卧铺并排的两人被视为一组。搭床铺也是两人一起，一人弄丢了国家配给的物品，两个人就得一起挨耳光。

“床上的朋友啊。”看到女老师露出微妙的眼神，两人严正澄清，绝非那种不清白的关系。若将世间一般友情喻为清汤，那么他们的友情就是浓汤。现在虽是平时，可一旦情况紧急，交情足以同生共死。女老师说她明白了，但似乎还是不太明白。军队时代的同袍有聚会。喝完第二摊要结账时，能够理所当然地从对方的口袋取出皮夹说：“让你付账喔。”

这就是卧铺战友。这么解释后，女老师点头说完全理解了，但她好像还是不明白。

开始上小提琴课后，聪子便对周六格外期待。

门仓是社长，时间比较自由。往往比仙吉更早抵达。他一定会先去初太郎的房间探头打声招呼。做过山师的老人与小型铸造工厂起家的门仓似乎很聊得来，初太郎虽然不和儿子说话，吃饭也摆出挑衅的姿态另开一桌，但和门仓在一起时，倒是可以闲话家常。

门仓借用初太郎的烟管抽烟草，告诉初太郎工厂现在正在试做铝制折叠便当，如果大卖将会获利丰厚，初太郎则说他以前到处看山时，如果树根的地方扔了旧草鞋，就表示那座山被“买了”。那是人们靠双脚维护的山。他还说最麻烦的是下雨，河水暴涨后，竹筏四分五裂，钱等于都流到海里了，说着就笑了，露出被香烟熏黄的牙齿。

上小提琴课的日子，家里一早就生气蓬勃。多美在仙吉出门上班后插了花，拿火钳烫头发。她将火钳放在火盆上加热，夹上白纸测试热度。白纸变成褐色，散发出发油烧热的气味与白纸烧焦的味道。多美的眼睑下方泛红鼓起，眼睛变得水汪汪。

许是因为梅雨将至，青桐的叶片层层叠叠，格外深浓。聪子发觉自己最近身体疲软无力。往往蓦然回神，身体已倚靠着茶柜或柱子。夜里睡觉也会盗汗。小提琴的音色似乎令人们的身心都为之叹息。仙吉弹奏时，聪子虽在笑，不禁也暗自祈祷他能顺利完成曲子，若是轮到门仓时，她这种念头会更强烈。或许也是这个原因，上完课后，聪子通常早已累坏了。多美好像也一样。

门仓不来的日子，这个家一如往常，气氛有点阴沉。

初太郎习惯在天色变暗、将要点亮门灯的时候开始扫厕所。等到仙吉下班回来时，他往往正半开厕所的门，拿盐酸刷洗马桶。多美会拿袖子捂住鼻子恳求初太郎不要这么做，但初太郎唯独这时成了聋子。

这天初太郎也对多美的拦阻充耳不闻，硬是要扫厕所。仙吉憋气进屋。他走到起居室时，终于再也憋不住了。

“喂！”他呼喊多美，“发下来啰。”

他取出一个茶色的大信封。是工作奖金。

多美恭敬收下。

“垫脚台，垫脚台。”

她慌忙四处寻找。

打开信封前得先供奉在神坛上。

“几时发奖金，猜也猜得到，好歹先把垫脚台准备好！”他怒吼，“先打开看看再上供。”

他想让多美数数比平时多的奖金。

“不要每次发奖金都让我讲同样的话。”

“对不起。”

丈夫一如既往地虚张声势要威风，妻子的姿态摆得很低，但仙吉显然是在勉强绷住脸上的笑意。

许是因为风向，盐酸的强烈刺鼻的气味自走廊一带扑鼻而来。

“要先洗澡吗？还是先喝酒？”

初太郎咳嗽的动静传来。

“你要小心钱。”

“都是一家人……”

“之前就曾被他得手。你把钱贴身带着。”

“明天一早我就去存起来。”

“亏他好意思叫我去念什么夜间部，结果我挥洒汗水工作半年存下的钱都被拿走了。你千万别大意。”仙吉刻意大声说。

仙吉去洗澡后，为了晚餐菜色探头窥看起居室的聪子，大吃一惊。

因为多美竟突然解开腰带脱下单衣，只剩下腹兜以及一件吸汗内衣。

“有跳蚤吗？这么快就出现跳蚤了？”

“哪有什么跳蚤。”

多美把奖金连同信封袋一起缠在肚子上。

“爷爷根本没有朝钱看过一眼。”

“这种时候反而更危险。虽然我也不愿这样，但是如果真的出了什么事，之后彼此不是更尴尬？”多美说到一半，转而问聪子，“你的脸怎么这么红？”

多美衣衫不整地把自己的额头贴在聪子的额头上。

聪子在社区诊所的医生诊断下，判定疑似罹患肺门淋巴腺炎。

那晚，仙吉与门仓罕见地起了争执。

“那分明就是肺病，找社区医生没有用。”

“又不是什么大人物的女儿，找医生也得合乎自己的身份。”

“婚礼与丧礼的确得合乎身份，但唯有医生另当别论。”

“别说不吉利的话！”

多美担心二楼的聪子，心情忐忑不安，但两人都不肯让步。

“让她彻底接受治疗！我年轻时就因‘肺病’毁了人生，这可不是别人的事。”门仓说，声音带有以此人作风而言难得一见的感伤。

“聪子的嫁妆，你打算准备多少？”

“起码是一千元吧。”

“一千元只能买一个衣柜喔，老公。”多美从旁插嘴。

“那就一千五？”

“那份钱的存折，现在拿出来。”

门仓说自己的客户在大学医院有熟人，就算扛着聪子，也要把她打去医院！说得很是激动。

多美见门仓颤抖着声音对仙吉咄咄逼人，感激得几乎落泪，但藏着奖金的腹兜底下痒得要命，令她忍不住来回抓痒，仙吉呵斥：“你在搞什么？”

“汗疹很痒嘛。”

“现在是说汗疹的场合吗，笨蛋！”

门仓说：“人本来就是这样。老妈死了，难过得甚至怀疑心碎是否就是这种感觉，可还是会肚子饿，也照样想睡觉。”

仙吉再次朝门仓怒吼：“不要再提丧礼了！”

人的疾病，越往上就被视为越高级。聪子也觉得头痛比香港脚听起来高级，胸部有病比肚子痛更有气质。九条武子夫人[1]也是因为胸部赢得了人气。

但是，想到自己或许是肺病，光是早餐打鸡蛋时，看到一点

1　九条武子（1887—1928）：日本教育家、歌人、社会运动家。大正三美人之一。

血丝就觉得胸闷。

如果确定会死，一定要抱着粗大的树干放声大哭一场。身为女人却连恋爱滋味也不识，只能抱紧树干实在很不甘心，但放眼周遭，男人也只有女校的体育老师和门仓叔叔。

聪子坐在多美与门仓中间等候照X光。这是门仓介绍的大学医院。左右两边的人，一句话也没交谈过。就在刚才，护士小姐还误以为两人是聪子的父母。小时候，聪子曾想过门仓叔叔若是自己的爸爸该有多好。门仓经常买来贴心的小礼物送给大家。给仙吉的是进口的打火机，给聪子的是天鹅绒的黑猫手提包，给初太郎的是印传[1]烟盒。但是，对于多美，他连一条绑腰带的绳子都没买过。之前她没留意，其实不买才是门仓的心意。

叫到聪子的名字后，她站起来。走进X光室的门口时转头一看，两人依旧隔着一个空位并坐。一本正经地面向正前方，就像

1 印传：将羊皮或鹿皮揉制染色再以漆描绘图案，通常做成小袋子。因传自印度而得名。

在相亲似的浑身僵硬。在仙吉缺席的情况下，这是门仓与多美头一次一起出门。看起来好像只有那块地方不是医院。

“巴达维亚”的礼子怀孕了。门仓来宣布这个消息，是在多美解开腰带让汗疹透风的时候。

聪子的肺门淋巴腺炎只是初期症状。听到医生说只要摄取营养，休息个半年就没事，大家总算松了一口气。初太郎在睡午觉，聪子也在午后躺在二楼。多美正忙着晾干湿钞票，在泛红的肌肤上拍上天花粉[1]，门仓就从玄关冲进来了。

“嫂子，可以吧？请你对我说句‘生下来也可以’。”

面对边慌忙留意刚系好的腰带边走出来的多美，门仓一再重申：“我并不是要对我老婆怎么样。我还是会尊重她的地位，我只是想要个亲生的孩子。”

白色亚麻长裤的裤脚被泥土与血迹弄脏，他说是撞上拉货的

1　天花粉：取自黄乌瓜根部的白色淀粉，吸湿性极佳，类似痱子粉。

马车。

“这样很严重耶。你先进屋再说，不洗洗脚不行。”

“那可不行。水田不在家，我不能登堂入室还脱袜子。”

“受伤的人还在说什么傻话。快点。”

多美正想拉他进屋，起居室那边，忽然传来细微的动静。多美低叫一声“啊”，连忙冲向里屋，当下呆立原地。

初太郎这厢也呆了，他从对折的白色腹兜取出奖金袋，手里抓着百元钞票就这么冻结如石。两人面对面静止的场面，宛如手艺拙劣的菊花人偶。

“爸。”

“借我用用！我一定会还。只要半年就加倍还给你。”

“爸，你不要这样好不好。”

“我找到很棒的山，就在天龙[1]。”

“你不是答应过再也不赌山了？”

1 天龙：位于静冈县西部，天龙川中游，自古以来便是木材集散地。

“就这一次。这是最后一次了。”

“最后……最后——你到底想让我们哭泣多少次才甘心？”

“不是我一个人。我要和金牙、鼬鼠三家合伙。金牙那家伙，说要把牙摘下来筹钱。”

金牙与鼬鼠是初太郎的山师伙伴。三家合伙，意思似乎是指三人合作。

“那爸你也自己去筹钱呀。”

“要是筹得到钱，我就不会碰儿媳妇的内衣了。”

多美拽着钞票叫他把钱交还，初太郎说：“把我当小偷也没关系。要踢要打都随便你。”

说着牢牢握紧钞票就是不放手。

站在后面旁听的门仓，温声喊了一句：“老太爷。”

他想把初太郎紧握钞票僵硬不动的手指一根一根掰开，但初太郎为了不让他得逞，弯下腰死命抵抗。

门仓松手，从西装的内袋取出鳄鱼皮夹。

“门仓先生，你别这样。”

“这跟嫂子无关。是我和老太爷的交易。”

“你的好意我很感激，但唯独这个绝对不行。这是我家的家务事，况且我也不希望门仓先生与我先生为了这种事起争执。”

门仓看着多美的双眼，点了点头，把本欲取出的钞票又收回去。

初太郎凝视那崭新得几乎割手的百元钞票，幽幽嘀咕：“干脆去印假钞算了。”

他吸吸鼻涕努力挤出笑容，却还是变成哭脸。

“老太爷。”门仓叫住他，“假钞固然好，但借据应该更好吧？”

然后，他拼命拜托多美。

“嫂子，今天是我最开心的日子。在这样的日子，欢笑的人身边有哭泣的人，实在很难受。你就当作是替即将诞生的孩子加油打气，假装没看到好不好？”

“门仓先生，这是两码事。你这样子，我会被我先生骂的。”

“只要瞒着水田不就没事了，今天是大喜的日子，就看在我受伤的分儿上……”他说到一半顿住了，“如果我大张旗鼓地说这是大喜事，会挨骂吗？”

“还是应该恭喜你吧。”

如果再继续反对声称自己也可以代垫一点钱的门仓，好像是对孩子的诞生有意见，因此多美没有再坚持。

初太郎冷然地看着多美。

他的眼神在说：“你嘴上说恭喜，但是门仓与礼子之间有了孩子，你并非衷心喜悦吧？”

礼子辞去“巴达维亚”的工作后，替她找房子的是仙吉。仙吉找公寓的同时，还得到处送分手费给门仓交往的其他女人，所以很辛苦。

“我真的很惊讶。门仓那家伙居然也瞒着我，人数多到我都难以启齿了。”

这种时候，多美很少开口。她正利用旧灯泡缝补仙吉的袜子。

“对方在资生堂西餐厅就哭哭啼啼。不管怎样都看得出她是咖啡厅的女服务生，所以大家都在看。我又不能挂出牌子声明这不是我的女人，简直累死了。”

有机会回报平日的人情债是很好，但是从仙吉满口抱怨“累死了、累死了”的语气，可以嗅出前所未见的雀跃，多美感到很不是滋味。

“我看你其实挺开心的吧？”

仙吉翻开《宫本武藏》第二卷。

“武藏解下一把锁链镰刀拿在手里。”

“公寓找到了吧？”

“要找的时候偏偏没有。不能离他家太远，也不能太近，真是伤脑筋。”

“你也体会到外遇的滋味了吧？”

“梅轩[1]没有醒。武藏凑近检视，以指甲扯开镰刃。”

1　梅轩：全名宍户梅轩，是吉川英治根据宫本武藏传记《二天记》中擅用锁链镰刀的宍户某，在小说《宫本武藏》中创作出的人物。

多美用力咬唇动针。

“宫本武藏”还真爱帮助人，聪子觉得很好笑。

门仓的妻子君子找上仙吉家，是在又过了一周之后。

不知道是作何打算，她穿着有华丽彩色花纹的纱质外褂，递上大得夸张的蜂蜜蛋糕木盒，端正有礼地打招呼。

“这次好像承蒙府上诸多照顾。”

仙吉夫妇大惊失色。

在目黑替礼子找到文化公寓栖身后，多美送去岩田带[1]与犬张子[2]，告诫她不可搬动架上的东西或拎着装满水的水桶，鼓励她生个健康的好孩子，这才刚刚回到家。

“哪里，受到照顾的是我们家。”

“是啊。多亏门仓介绍医院，聪子的病情也稳定下来了。”

“那种小事根本算不上照顾。”

1 岩田带：是孕妇缠在腹部的白布。通常自怀孕第五个月的戌日开始使用。

2 犬张子：是犬形的乡土玩具。因犬一胎可生多只且生产较容易，被视为安产及保佑小孩健康的护身符。

多美的手，偷偷戳了仙吉的屁股。

“请问，是门仓说了什么吗？”

“他什么也没说，只说‘人果然该有朋友’。他可是难得发出那种感叹之声。”

“这句话该我们说才对。是吧？”

因为心虚，仙吉的声音也变小了。

“都是我不够细心，居然让府上代我做了那些事，我如果不来登门道谢实在过意不去……”

向来落落大方的君子，这晚尤其从容不迫，甚至露出平静的微笑。“我老婆越生气的时候笑得越甜。以前，她当护士时，习惯安抚快死掉的病人‘没问题喔’‘一定会好起来’，大概是那个老毛病改不了。”门仓这么说过，此刻正是如此。

“听说卧铺战友好像只有陆军才有。”

“因为海军是睡吊床，那不叫作卧铺吧。”

“卧铺战友。真是太感人了。”

她再次安静地朝夫妻俩微笑。

连丈夫的卧铺，也就是丈夫的女人都让你们帮忙安排……仿佛遭到君子这么指责，夫妻俩再次惶恐不已。

“对了，那首歌也叫作《战友》是吧？”

君子低声唱起：

此地离乡几百里

仙吉霍然一惊。

遥远的北方

火红夕阳照耀

好友在野外的石头下

没人拜托她，君子就自己规矩地把第一段全部唱出来了。

“不知怎的，就算再听几百遍还是会掉眼泪。我尤其喜欢‘之后只留在心间’这段。”

“咦，嫂夫人也是吗？我也是耶。”

多美接腔之后，成了无关痛痒的闲聊，君子待了快一个小时才离开。

仙吉习惯在洗完澡之后剪脚指甲。

可能是因为个性顽固，指甲也厚实坚硬，泡过热水之后比较容易剪。

“据说晚上剪指甲会无法替父母送终喔。”

“我才不稀罕咧。”

仙吉不屑地说出这句话时，从厕所出来的初太郎正好经过仙吉身后，因此多美铺被子的同时，也有点担心。

“你去檐廊剪啦。”她没向仙吉直接这么挑明，而是借着铺被子赶走他。

“他太太是不是知道了？”

话题移到君子身上。

“如果她有心想查，应该会知道吧。”

“我们和他太太也有交情，可是二奶……”

多美把没讲完的话又吞回去。

“虽然我们帮忙照顾外室也有错，但礼子小姐好像没有亲人。”

仙吉没回话，只是“咔嚓咔嚓”地把指甲剪得到处乱飞。

多美铺上被单，一边闻枕套的气味，一边哼歌：

之后只留在心间

这不该留的身体

就此告别该走了

是否已成为永别

仙吉听了，忽然“咕咕咕”地以喉咙卡住的声音呻吟。

他将剪刀一扔，踢开多美与被子拔腿冲出家门。

君子把内衣与缠腰布晾在檐下的竹竿上。晚上晾衣服不容易干，但她不打算再穿了，所以无所谓。

她觉得某处好像有婴儿在哭泣，但也许是幻听。她确认餐桌上留的字条，拍打晾晒的缠腰布皱痕，将它抚平。然后拿起贴有“消毒水”这行大字的瓶子。

拿着喝了会死的东西，感觉就像在等待什么。玄关的大门与檐廊的玻璃门全都敞开着。

仙吉冲进来，就是在这时候。

仙吉不发一语，一把抢走消毒水的瓶子。

“水田先生，我已经不想活了。”

仙吉用力抱紧那扭身啜泣的瘦削身体。自己现在能做的只有这个。虽然只有这个，但接下来，又该怎么做?

君子敞露的领口，露出雪白的胸脯。可能是没生过孩子的缘故，就像某次门仓自冈山寄来的白桃般硕大丰满。眼下有两颗大白桃在呼吸，微微随着抽噎上下耸动。

“嫂夫人。”

或许是因为从怪异的地方发出声音，仙吉的声音嘶哑。

接下来到底该如何是好？就在他手足无措之际，玄关传来动静。仙吉拿着消毒水的瓶子出去。

门仓站在玄关的脱鞋口，看着仙吉大步闯入时随便脱下的庭院用木屐。

仙吉把消毒水的瓶子用力塞给门仓，眼睛不看他，竭尽所能地板起脸怒吼："怎么可以做出让老婆伤心的事！你给我小心点，笨蛋！"

把瓶子交给门仓后，他就这样抬头挺胸地走了。

仙吉回到家时，多美在洗澡。

"喂！喂！"他用比平时略显没气势的声音呼喊多美，"我要再洗一次澡。"

"妈现在正在洗。"

正在起居室编织蕾丝的聪子怕数错蕾丝的针数，以机械似的快速语调头也不抬地回答，让仙吉松了一口气。

浴室的毛玻璃门开了约三指的缝隙。仙吉发现漂白的白色绳子从那里伸出，连接到脱衣篮的腹兜，就算汗疹很痒，一个女人家居然门也不关就急急忙忙冲进浴室，简直太不像话了，他目瞪口呆，但立刻醒悟不是那样。

多美是在提防被偷。

她怕被偷的是奖金还是私房钱？仙吉不经意朝腹兜内探头一瞧。与充满汗臭味的钞票放在一起的是借据。

现金三百元整。是父亲初太郎。连带保证人是门仓修造。

“谁？是聪子吗？”

玻璃门的缝隙间，多美的面孔伴随蒸气一齐探出，看到仙吉。

“老公！”她惊呼。

仙吉默默收起借据，不发一语地离去。

初太郎坐在檐廊，正在眺望院子。门仓自掏腰包种下的松树与枫树，看起来昏暗朦胧，但初太郎的葛樱之眼，正看着彼方肉眼看不见的杉木与桧木林。仙吉在此也不发一语，径自经过父亲身后回到起居室。

多美洗完澡满脸通红地出来时，仙吉拿来一升装酒瓶，正在喝着冷酒。

她是抱着借据东窗事发被劈头痛骂的心理准备坐下来的，但仙吉什么也没说。

“门仓太太她……”多美小心翼翼地开口，“是不是出了什么事？”

“没有。”

“她还好吗？”

“还好。”

就此结束。多美松了一口气，但还没有完全放心。

仙吉又拿出一个杯子，倒满酒。

“哎呀老公，我不行啦。我一喝酒连脚底板都会发痒。”

仙吉没回答，朝檐廊的初太郎那边努动下巴。这种事还是头一次。

“你是怎么了？好像怪怪的。”

仙吉没回答，咕嘟咕嘟地举杯喝酒。

多美把酒放在初太郎的身后。初太郎只是稍微沾唇，又把目光移向夜晚的庭院。

每周六的小提琴课，持续了整个夏天。即使老师请假，门仓也照样过来，双人合奏。总算，他们可以演奏《蝴蝶》了。仙吉试图努力追上门仓，门仓尽量配合笨拙的仙吉。多美替他们倒了冰麦茶。

蝴蝶，蝴蝶，停留菜叶上
菜叶有洞，停在樱花上
在樱花的，千秋盛世
停留复嬉戏，嬉戏复停留

聪子想，仙吉与门仓，以及多美，必定都在祈求这样的形式能够持续到永久。

与仙吉单独在一起时的多美，是个忙于应付生活的三十九岁家庭主妇。与门仓单独坐在一起时，她看起来像学校老师。现在，在两个男人之间，打着扇子送来徐徐清风的多美，看起来像换了个人般清新纯真。多美替流汗的仙吉扇风，三次之中也有一次会替门仓送去凉风。

青苹果

仙吉穿上新买的滑雪衣，扛着滑雪板与滑雪杖摆出姿势，门仓拿莱卡相机正在拍照。若在雪中也就算了，可这是还留有绿意的住家附近的原野，看热闹的多美与聪子都觉得很好笑。

打从之前，仙吉就说想养狗，与多美发生过小小的争执。门仓养了钢丝毛福克斯犬这种名字冗长的西洋犬。正如字面所示，是毛发硬如钢丝的大型狗。门仓说好如果生下小狗就送一只给仙吉，但多美质问饲料费要打哪儿来，很反对。争执半天后，就改成滑雪了。

“滑雪不必每天喂肉吃。”

无论是发油还是流行词汇，只要是门仓使用的仙吉都会模仿。收到什么稀奇的礼品，一定会把最好的部分送去给门仓。在仙吉家，即使收到高级松茸，也只剩下菌伞已经张开的和被虫咬过的货色。

或许是因为穿了滑雪装冻感冒了，仙吉请了病假。向来讨厌请假，即使发烧三十九摄氏度也要爬着出门的仙吉难得如此。也或许是因为感冒，仙吉看起来无精打采。眼下，家中精神最好的是初太郎。

“哪怕敌人有几万……”他哼着歌，在走廊差点儿迎头撞上多美，还耍宝地朝她敬礼。

多美在门仓的劝说下借给他一部分奖金，剩下的不知如何筹措，总之，他和同为山师的金牙与鼬鼠的合伙好像有了眉目。

没有动静，该不会是在睡午觉吧？聪子探头朝屋里一看，头戴鸭舌帽的初太郎正摊开旧地图。壁橱敞开，历史悠久的小型藤编箱子被扯出来，工作用的足袋与雨衣、水壶散落一地。他大概正眺望着天龙一带吧。

声称找产婆做产检顺路经过的，门仓的小老婆礼子在午后来访。

“托您的福，据说一切顺利。”肚子已经显形的礼子表示，她只是想来跟水田太太说这个，在玄关门口打招呼后就立刻准备离去。

多美与穿睡衣的仙吉拉住她的手把她带进屋。

“俗话不是说，即便到仇人家也得喝杯茶再走吗？”

“真的可以吗？”

夫妻俩不顾礼子的客气推辞，把她带到客厅，多美回房间帮仙吉换衣服。

“她姓什么？”多美小声问，“总不能喊她太太吧？”

“你也傻了吧。就算不喊名字，起码也能交谈吧？”

挺起的肚子就在眼前，难免总会聊到即将诞生的孩子。

“应该是男孩子吧。”多美仔细打量礼子的脸，“因为变丑了。”

“咦，变丑就是怀男生吗？我家那边是说肚子呈方形就是怀男生。”

“肚子呈现方形吗？”连仙吉都眯起眼凑近打量，“反正不管是男是女，门仓都会很疼爱。那家伙恐怕会整天抱着小孩不上班吧。”

就在两个女人被逗得发笑时……

“有人在家吗？”

玄关响起女人的声音。

“是不是有客人……”礼子说到一半，似乎从夫妻俩大吃一惊面面相觑的反应猜到对方是谁，“那我走后门。”

“我先告辞了。”她说着，弓腰欲起。

仙吉竖起一掌朝她拜托，多美立刻喊来在起居室偷吃的聪子。

“带客人去你的房间。”

她使眼色示意聪子带客人去二楼，随即冲向玄关。

“不好意思，让您久等了。刚才正好在换衣服。”

说着，多美把礼子放在脱鞋垫上那双软木底草编鞋垫的草鞋扔进鞋柜，看着礼子上二楼后，才一边抹平衣服的折痕，一边含笑打开玄关的门，演技之精湛不容小觑。

来客正是门仓的妻子君子。

“我去车站前买刺绣用的线，所以想顺便过来拜访一下。”

客厅里可以看到正急得转来转去，试图藏起茶杯与茶点的仙吉。

礼子斜倚二楼的凸窗仰望天空。肚子显形后或许胸部也跟着涨大了，礼子现在的身形和英文字母的“B”一模一样。

聪子递上自己的碎花坐垫，一边暗想，原配夫人在楼下，大肚子的小老婆在二楼的场面，翻遍正在阅读的《明治大正文学全集》也找不出来呢。

楼下，在父母的声音之间，还传来另一个女人的说话声与笑声。礼子似乎完全没听见，一脸坦然。

聪子不知该怎么找她说话，于是把竖起的古筝放下。

聪子以指甲拨弦后，礼子坐到她身边。

“你几岁开始学的？”

聪子没回话，只是张开双手比给她看。古筝是十岁那年开始学的。

“那个年纪，我在这样。”

礼子比画出背着婴儿哄的动作，大概是说她在带小孩。

“还有……”

她做出擦拭打扫的动作，接着又说了一声“还有”，身子歪向聪子，眼波一横做出斟酒的动作。

“我一直在工作。大正琴[1]还有机会玩两下，却没有摸过真正的古筝。”

聪子递上弹琴用的甲片。

礼子战战兢兢地拨弦。琴弦发出古怪的颤音，两个女孩弯下腰拼命憋笑。

君子以吊胃口的手势，从紫色的包袱巾里取出年轻男人的照片给他们看。原来她是来替聪子做媒的。

1 大正琴：大正初期，森田伍郎发明的弦乐器。在二弦琴上安装类似打字机按键的键盘。

“嫂夫人。”仙吉一边在意胡楂儿，一边把照片推回去低头行礼，“很感谢您的关心，但我家聪子今年才十八岁。”

“十八很快就会变成十九了。到了十九一转眼就变成二十，再一晃神就二十一岁了。”

“话是没错，但她这里还……”多美按住胸口给她看。

“不是说等于已经治好了吗？病由心生。有了喜事，什么肺门淋巴腺炎也会立刻不药而愈。”

夫妻俩一边点头，却还是不见喜色。

“你们不喜欢我提的这门亲事吗？”

“怎么会。”

“那么，至少先见一面总行吧？我也想好歹帮上一点忙。”

君子话虽说得委婉，但她窥视夫妻俩的眼神却带有种不容分说的味道。

聪子有生以来第一次相亲。

她放下绑辫子的头发、系上大蝴蝶结，再让母亲替她化妆后，镜中的脸与母亲一模一样。

相亲的对象叫作辻村研一郎，明年三月自帝大[1]毕业。聪子光听到帝大这个字眼，已有半分爱上对方了。

聪子跟在仙吉与多美身后，走进门仓家的大门后，福克斯犬自大型狗屋露面。

“巴隆！”

她呼唤它，摸摸它的头后，狗儿火热的舌头舔上聪子的脸。大型兽类撒娇的感觉还不坏，就连腥味也不讨厌。

辻村带着看似愤怒的神情端坐。下巴底有个小小的剃刀伤口可以看见血迹，很适合那张英气凛凛的白皙面孔。聪子发现自己的心瞬间跳动加快、浑身发热。门仓很兴奋，君子时立时坐地忙着关注全场。多美与聪子一样满脸通红，用嘴巴呼吸。来的路上不知何故闷闷不乐的仙吉，看到辻村的脸后，明明不好笑也硬是露出笑容，还有点脑充血的味道。

1 即东京帝国大学。下同。

对话中断，壁钟的声音突然变得响亮。君子说：“聪子会弹琴喔。”

她以眼神催促辻村。

“琴弦有几根？”

聪子还没回答，多美先慌了手脚。

“啊，有几根来着？天啊，到底是几根？”

“笨蛋，又不是问你！”仙吉怒吼。

聪子回答：“十三根。”

多美拿手帕擦汗。

对话再次中断。门仓说：“十三这个数字，在外国，据说很不吉利。”

“拜托你讲点吉利的话题好吗？”君子脸一拉，打断他的话。

“那个，我娘家的妈妈，在地震时……”

惊慌失措的多美说。

“地震哪里吉利！”仙吉怒吼。

“所以碰上这种时候她会说‘鹤龟呈祥’‘鹤龟呈祥’……我正要这么说完嘛。”

“你先听嫂子讲完再吼啦。”门仓安抚仙吉。对话又热络起来，就在这之后……

“我买了新的滑雪用具喔。”门仓说着，邀请仙吉去书房。他在暗示长辈不在场比较好。

“第一次滑雪还是赤仓[1]最好吧。”

像小正帽[2]那样顶端缀有毛线球的进口滑雪帽很适合门仓，可是仙吉一戴上就成了漫画。就漫画而言，这张脸太严肃了。

“关于相亲，帮我回绝好吗？”

“我知道你不愿意。但是，该怎么说，我家那口子想透过这种形式，参与、加入的心情我也能够理解，所以我实在开不了口劝阻她。”

仙吉脱下滑雪帽，放在桌上。

---

1 赤仓：指新潟县妙高高原的赤仓温泉。

2 小正帽：桦岛胜一的漫画《小正的冒险》主角戴的毛线帽，当时相当流行。

“要花钱的事不行。”

“若是嫁妆，让我也帮忙出点力。”

“挪用公款被发现了。”

“挪用公款？你吗？”

“我要是可以挪用公款，地位早就变得更高了。”

挪用公款的，是仙吉担任高松分店店长时的次长。门仓说：“那也用不着你来赔吧？”

“我很害怕。”仙吉嘟囔。

“因为我的学历是夜间部。本来在别人眼中就矮了一截，万一闹得尽人皆知——”

“会影响你升官吗？”

“那不是谈得上升官的大公司。”

“这跟大小无关。”

“原来并不是只要认真工作就行。看来我……”

说到一半，他抱怨手套太紧，脱下滑雪手套。

“我好像不被神明之类的眷顾。”

“多少钱？”

“聪子的肺病也还没有真正康复，你就用那方面找个理由，好好替我回绝人家。”

“我在问你多少钱。”

“别瞧不起人。我不是为了向你借钱才说出来。”

“瞧不起人的是你吧？难道我就不能帮忙吗？金额大到我无法负担吗？”门仓一再逼问噤口不言的仙吉，最后终于问出部下挪用的公款有五千元。

“明天一早我就给你送去。”

仙吉本想说什么，却又就此低头不语。然后，他拿脱下的滑雪帽抽打门仓，一次又一次地打他。

那晚，听丈夫吐露事实后，多美在被子上呆坐半晌。本来趴着抽烟的仙吉也坐起来，猛然掀起一页墙上的日历。他背对多美。

“那家伙不是要帮我。”他说，“他应该是不想看到你哭吧。”

仙吉那件洗过多次的睡觉用浴衣，在黑暗中突然显得寒酸。三坪大的室内空气变得凝重。这种时候不能大声呼吸或叹气。然而，那也只是一瞬间的事。

“那家伙也是个多管闲事的男人。工厂那边的资金周转就已够他忙的了。”

仙吉转过身。

“听说黎明时会很冷喔。”

“那我先拿出毯子来吧。”

他们又恢复为平常的夫妻。

聪子也直到很晚都没睡着，一直翻来覆去。她在黑暗的天花板上写出水田聪子又抹去，试着写上辻村聪子。

然而，他们还是回绝了这桩婚事。

她还太年轻，肺病尚未完全康复，这是表面上的理由，但仙吉冷不防地说溜嘴：“以我的身份，有个帝大毕业的女婿会压力很大。”

还有，犯不着向他人借钱嫁女儿才是真正的理由。

门仓也没有积极撮合。他多少也觉得，在君子的介绍下让聪子结婚，有点不情愿。

聪子很郁闷。多美说相亲是自家这方回绝的，但肯定是对方拒绝。只是不想伤害她才故意这么说。都是那个坏了事。在相亲席上，贴心的君子邀多美去院子，让两个年轻人单独相处，当时，辻村问："报纸你都从哪里看起？"

"从后面的社会版。"她回答后，才暗叫不妙。

"女人就该这样才好。"

这句意外的发言令她头一次正视辻村的眼睛，觉得他是个温柔体贴的人，但那果然只是社交辞令。

聪子把多美以"如果不摄取营养，身体无法真正好起来，就算相亲也得再次回绝"为由劝说的牛奶悄悄倒进水槽，拿布巾拭泪。

郁郁寡欢时，雨天比晴天更符合心境。聪子自二楼看着窗外。

宛如巷道下雨

我的心

也在下雨

自己若能作诗，她想八成就会这么吟咏。魏仑[1]这个人，参加相亲也遭拒吗？

多美撑着雨伞，穿上雨衣与中齿木屐出门去了。小花瓶的水没更换，小菊花已经枯萎，许是因为水已腐败，有点儿水藻的气味。

厨房响起开门声，该不会是野猫溜进来了？聪子下去一看，原来是初太郎在找酒。

似乎是趁着多美外出的机会，昔日的山师同伙上门来了。客人是看起来与初太郎同龄的老人金牙与鼬鼠。鼬鼠长得的确像鼬

1 保罗·魏仑（Paul Marie Verlaine，1844—1896）：法国象征派诗人。前述诗句为其作品。

鼠，但金牙的牙齿雪白，没看到半颗金牙，不过听说他会趁着赚到钱时在牙齿上镶上黄金与白金，等到有困难时就卖掉当作事业资本，聪子大吃一惊。

在金牙与鼬鼠面前，初太郎简直像换了一个人。不管是仙吉学小提琴，还是聪子要相亲，老人都漠不关心，但现在大白天他就喝醉酒，一边拿牙龈吸吮鱿鱼干，一边大谈木曾[1]的桧木与秋田的杉木，甚至展现祖父的威严，命令聪子："不要发呆，过来斟酒。"

聪子以不熟练的动作替金牙斟酒时，纸门拉开了。是仙吉。

"你在干什么？又不是艺伎！"

然后他大吼："多美！多美！"他临时要出差，所以回来拿皮包与内裤。

"等你妈回来，叫她不准让莫名其妙的家伙进我们家的门！"

被他粗暴关上的纸门因反作用力再次弹开。初太郎放下杯子，

1　木曾：位于长野县西南部，木曾川上游一带的地区。

金牙以什么也没看见、什么也没听见的表情起身。

“咱们差不多该走了吧。”

鼬鼠猥琐地喝光剩下的酒，把鱿鱼干塞进口袋。初太郎举手道别。两个老人虽然讲话的气势十足，但鞋子已破旧得可悲。仙吉把衣柜抽屉全部打开，将内裤塞进旅行袋。

雨直到半夜仍未停。

一边熬夜一边打瞌睡的多美，被敲响玄关的声音惊醒。

“来了。你回来啦。”

她踢开缝补的衣物冲向玄关，打开门锁时蓦然发现不对劲。

“哎呀，老公。你不是出差去了吗？”

但是站在多美面前的，是门仓。滂沱大雨令他的头发与衣服都湿透了。

“嫂子。我的公司垮掉了。”

之前听仙吉提过，门仓公司新开发的折叠式铝制便当盒起先虽然畅销，但竞争对手相继出现，似乎陷入困境，没想到会到这种地步。

“我倒是轻松多了。不是死鸭子嘴硬，是真的这么觉得。拜军用品需求大增所赐，我这个资质平平的人被捧成社长，硬是看起来好像高大了两倍甚至三倍，现在只不过是打回原形。没什么好失落的。这下子回到原点了。”门仓说着笑了起来。他的双眼充血，满脸胡楂儿。

“让你看到这种丑态，实在很抱歉。因为之前被债权人逼得很惨。我只是想第一个通知你。”

多美解下搭在前襟的手巾递给门仓。她想让他擦干头发上的水滴。然后，她奔向厨房。绒布做的胭脂色足袋奔跑在灯光照射下的昏暗走廊上。她抓起一升装的酒瓶与杯子立刻跑回去，把杯子交给正拿手巾擦拭肩膀的门仓。接着替他倒满酒，满得几乎溢出来。

“嫂子，我变得一贫如洗了，你还能像过去那样与我来往吗？”

“门仓先生。我啊，其实很高兴。”

多美把一升装的酒瓶抱在胸前说。

“门仓先生的事业兴隆当然很好，但那样与我先生的差距太大，我很难受，我不甘心。想到这下子大家一样了，我很高兴。”

“谢谢。那我不客气了。”门仓猛然一口气喝干了酒。

莫非，这就是所谓的爱情戏？聪子光着脚下楼走到楼梯的一半，就此踟蹰不前，感到喘不过气。

逼仄的玄关脱鞋口被狗屋整个占满。

门仓的新居，即便在仙吉看来也只能用“简陋”二字来形容。门口贴着名片代替门牌。门仓死也不会在这种地方待久的心情，仙吉痛彻心扉地理解。

熟悉的巴隆扑过来。

“巴隆！”

这么一喊，正如它那钢丝毛的名号，它甩动硬如钢刷的尾巴飞奔而来。不知是食物变差了还是没有好好照顾，它的毛色失去了光泽，面孔也显得憔悴。

“哎哟，水田先生。”反而是小跑出现的君子，倒是比之前住在大房子时看起来娇艳多了。

“嫂夫人，对不起。”本想跪在门口双手撑地道歉，但仙吉现在只能双手撑着狗屋的屋顶，把身体往奇怪的方向扭曲道歉。

“都是我的无能，让门仓勉强筹钱给我。要是那笔钱还在，他现在也不至于落到这种地步了。”

“正好相反。我还想向水田先生道谢呢。”穿着白色围裙的君子解下包头的手巾向他鞠躬，“没钱是件好事啊。他现在三天就会回家吃一次饭。这种正常的夫妻生活，我好久都没体验过了。”

“这都要感谢水田先生呢。”如此笑言的君子，看起来的确年轻了五六岁。

门仓声称要去巷口买香烟，仙吉也跟着一起出门。走到酒铺后面，门仓“喂”了一声，戳着仙吉的侧腰把信封递给他。

“帮我送去那边好吗？”

二奶礼子即将临盆。

“我每天得和债权人谈判，没空过去。我无法告诉她公司倒了。”

“文化公寓那边，还要继续租吗？”

“对。”

“那得花不少钱吧？”

“她马上就要生了。我说不出口。”

门仓也像狗狗巴隆一样面色憔悴。看到大好男儿憔悴至此实在令人心痛，仙吉不禁撇开眼。

“这是男人的面子问题。你就笑话我吧。”

门仓说着，哈哈大笑，但仙吉笑不出来。

礼子没有立刻收下那包钱。

“那个人，事业应该不太乐观吧？”

“不会。军用品需求大增，他开发的折式铝制便当盒……”

“骗人！”

或许是因为怀孕，礼子的眉毛变淡了。也正因为如此，单眼皮的小眼睛看起来挑得更高。

“我去工厂看过了。本来还觉得红旗飘扬好热闹，结果不久前，工厂居然关闭了。大门紧锁，守卫也不见了，门仓金属的招牌也拆掉了。”

仙吉叼着金蝙蝠，点上火。

“你是不是爱上他了？”

“我当然爱他。如果不爱他，连婚都没结我干吗替他生孩子？”

“既然爱他，就该相信男人说的话。他的公司现在生意好得很。你不要担心，生个健康的孩子，让他高兴才对。”

礼子像小孩一样用力点头，终于恭敬地收下那包钱。豌豆大的眼泪从细长的眼睛里滴滴答答掉下来。仙吉难过地望着她掉下的眼泪落在同样几乎快掉出来的大肚子上。

那天晚上，仙吉打了多美。

因为他求多美拿出私房钱，多美却一口回绝：“根本没有那种东西。”

“怎么可能没有！像你这样的女人会没有私房钱？那怎么可能。”

“我有生以来头一次预支薪水。为了门仓，为了肚子里的孩子，我想用你的那份，把钱送去公寓。”仙吉如此请求，但多美摇头。

“我不要。私房钱我有，但我不想给。”

仙吉的巴掌在多美的脸颊发出响亮的声音。

他不是不懂多美的心情，却还是极度气恼。无处发泄的情绪，不知该如何排遣。要是有珍藏的大花瓶，他很想狠狠砸碎。仙吉觉得，他是用殴打多美来代替殴打自己。虽然天天骂人，但他已经十年没动过手了。

才艺课其实是在下课之后更有趣。向教古筝的老师鞠躬，说声“谢谢老师”后走出大门。与师姐妹三五成群，一边讨论喜欢女明星水之江泷子还是津坂织江，一边吃蜜豆。但唯独这天不能这么做。因为之前相亲的辻村研一郎，站在电线杆后面。

聪子第一次与男人去咖啡馆。那是名为“蛾房”的昏暗小店。咖啡的香气几乎令人眩晕。

“我家都不准我喝。我爸说，女孩子喝咖啡的话皮肤会变黑……”

辻村笑着替她放糖。

辻村说，想知道她拒绝亲事的真正理由。

“正好相反。我不是说我看报纸是从社会版看起吗？我一直以为是因此被你拒绝。”

“我那时听了只觉得，啊，你是个好女孩。”

“相亲之后已经回绝了亲事还见面，是不是不太好？”

“若是自由恋爱，应该就没关系吧？”

与男人私下喝的乌黑浓重的液体以及“自由恋爱”这个字眼，令聪子的身体发热。

这天，聪子说了谎。她谎称是和朋友去吃红豆汤才会晚归。她发现谎言原来与咖啡很搭调。

门仓深夜来访。拎着青苹果当伴手礼来做客。苹果虽是青色的却不酸。据说因为很稀奇，在千疋屋那种高级水果店里非常流行。

多美慎重地削皮。她留意不让果皮中途断掉，仙吉与门仓定定地看着她手边垂落得很长的果皮。一吃，是标准的红苹果的味道。

聪子也发现，最重要的事，往往不会告诉别人。露出白牙咔嚓咔嚓吃青苹果的母亲、父亲、门仓叔叔，大家都不说真话地活着。觉得自己已经加入成年人世界的聪子，配合母亲似的动嘴发出咔嚓咔嚓的咀嚼声。

仙吉不经意间按住脸颊。

“呦，牙疼。”

后面的蛀牙已蛀了大洞，但怕看牙医的仙吉把治疗拖延了一天又一天。

弥次郎兵卫[1]

仙吉在早晨的街头飞奔。他追过送报生，接着追过送牛奶的，再推开卖纳豆的，好似变成奥运马拉松选手村社讲平。

礼子生了一个男孩。他从半夜就与多美一起守在文化公寓，现在才听到孩子呱呱落地的哭声。他想尽快通知因肺炎卧病在床的门仓。

门仓让君子替他换上新的芥末药布。在白色棉绒布上涂满用水调开的芥末，再贴在胸前，这样做可以退烧。君子忙着把油纸

1 弥次郎兵卫：日本的传统玩具，以短棒做成人偶，左右平伸的双手由重量来保持平衡。也叫作天秤人偶。

贴在门仓肋骨浮凸的胸口，一旁是被热气烘干已出现裂痕的使用过的药布。

新贴上的芥末刺痛眼睛。仙吉抹去泪水。

“应该过危险期了吧？”

“我原本还以为肺炎是小孩才会得的毛病。”

门仓说到“小孩”二字时饱含意味，以眼神询问仙吉。仙吉想说，门仓也想问，但君子寸步不离身旁。

“水田先生，你怎么了？这么早就跑来。”

“我今天值早班，去公司的路上顺便来探望一下。”

“当了部长的人还得值早班吗？况且，你连胡子也没刮就要去上班？”她直接命中要害。

“因为我不放心。喂，门仓，就算公司起死回生，如果社长垮了那岂不是鸡飞蛋打。”

“与其对别人说教，不如先刮刮你的胡子。喂，拿热毛巾来。”

他们好不容易支开了君子。

“生……了。”仙吉无声地以唇语诉说，不知怎的倒像在发电报密码，“男……孩。”

门仓苍白龟裂的嘴唇，跟着复诵一次“男孩”。

“母……子……均……安。”

君子进来了，“是不是又发烧了？”她说着贴上他的额头。

“你怎么了？大男人居然掉眼泪。”

君子以手指替他抹去眼角的泪水。

“一直持续四十摄氏度的高烧，心情自然会变得脆弱。”门仓的眼角，再次滑落泪水。

仙吉小心避免踩到龟裂的芥末药布，悄悄起身走向玄关。一边逗弄巴隆，一边想着“门仓的儿子要接受征兵检查还得再过二十年呢”，这是理所当然的事情，不禁叹息。

聪子与辻村，在古筝课下课后于“蛾房”碰面，一起喝咖啡。

辻村的话题多半是厨川白村[1]与美浓部达吉[2]，聪子则是在谈论父母与门仓。

“那就是爱啊。”

“可是，我妈与门仓叔叔，我想应该连手都没有握过。别说是手了，甚至没有亲口说过一句喜欢。我想我爸也知道。明明知道，他却一句话也不说，反而好像还引以为傲。那样也算是爱吗？”

“我还是认为那是爱。是柏拉图之爱。”

这个名词在书上倒是看过，但从男人的口中听见还是第一次。

“这是北村透谷[3]说的名词，意思是排除肉欲的精神式恋爱。”

“恋爱。果然如此啊。”

1 厨川白村（1880—1923）：日本文学家、评论家。

2 美浓部达吉（1873—1948）：日本法学家、政治家。东京帝大名誉教授。

3 北村透谷（1868—1894）：日本评论家、诗人。他的名言“恋爱为人世的密钥，有恋爱方有人世”令名作家岛崎藤村在内的许多年轻人为之折服。

大声说出“恋爱”这个字眼，把从未对人说起的父母与门仓之事说出来，或许也是一种恋爱？她如此暗忖，一边啜饮辻村推荐的黑咖啡。味道苦涩得就像中将汤。

聪子刚走进玄关，就挨了仙吉的耳光。她与辻村见面之事似乎被发现了。

“我啊，最讨厌那种不知分寸的行为。那是我们家拒绝过的对象。你对父母说谎与他私会成何体统！”该骂的都骂完之后，仙吉转身回起居室去了。

“你说谎了吧。”多美锁上玄关的门，以前所未有的眼神看着聪子。

“你说下课后与朋友去吃红豆汤，是骗人的吧？”

本来安心地以为还是小孩子，突然间与自己一样都成了女人，多美感受到这种狼狈，以及少许的促狭。聪子强忍住想说“跟妈妈一样都是柏拉图之爱”的冲动。从多美一边回应催促她烧洗澡水的仙吉，一边小跑赶过去的脚步声，可以感到她对仙吉的谄媚，聪子把木屐并拢放好。

初太郎慈祥地轻戳聪子的头，从袖口取出一颗黑砂糖糖果，放在她的手心。她把沾了袖子尘埃与碎烟草的黑色糖果放进嘴里，一会儿滚到右颊，一会儿滚到左颊，莫名其妙的泪水顿时夺眶而出。

之后，聪子的古筝课改由初太郎负责接送。本来发现她与辻村私会时，急躁的仙吉当下扬言“以后不准再去上古筝课”，但多美说，如果人家问起为什么不上课了会影响到以后说亲事，于是暂时在有人监视的条件下继续上课。

没想到，下次上课的傍晚，初太郎独自归来。

“聪子怎么没有一起回来？”

“不是请你在老师家前面等她吗？”多美这么一问。

“等是等了……”

他只是一再如此重申，没说重点，仙吉也一起质问后，据说是有个学生拎着行李箱站在古筝老师的家门前，把上完课出来的聪子带走了。

“让你跟着她，不就是为了防止她跟那个人见面！”

初太郎被仙吉这么一吼，就改口说道："回程没见到卖豆腐的呢。"

情况对自己不利时，就假装老年痴呆蒙混过去是这个老人的老毛病。

"快检查她的房间！"仙吉发出巨响冲上楼梯，多美也尾随在后。

洋装与和服都没有带走的迹象，但从纸篓内找到她随手写的字条。

上面写着："辻村研一郎。辻村聪子。柏拉图之爱。北村透谷。"另一张写着："私奔。鬼怒川盐原。"但是，"盐原"二字又被画线删除。另外还能辨识出"水月"二字。

仙吉与多美随便换件衣服，便跳上东武电车。

"老公，北村透谷不就是那个自杀的人吗？"

"别说不吉利的话。"

"没问题。一定来得及。"多美话说得中气十足，声音却忽然带着哭腔。她自袖口扯出长衬衣，抹拭眼睛，"不会一到旅馆就寻死的啦。当天晚上……”

“睡觉”这个字眼，被她惊慌地吞回去。

“当天晚上怎么样？”

“我是说会好好地……睡一觉。”

“纸上不是写了柏拉图之爱？”

“可是，我就是十九岁那年和你在一起的。”

之后，仙吉直到抵达鬼怒川前都没有再开口。

他们立刻找到水月旅馆，却发现私奔风波只是一场误会。待在东京的门仓打电话来，说聪子已经返家。

仙吉把话筒贴紧在几乎压扁了的耳朵上，对着沙沙杂音的话筒一边大声咆哮，一边倾听门仓的说明，据说那是一连串被误会也无可奈何的阴错阳差。

去接人的初太郎碰上金牙来访，正在谈论同伙鼬鼠把微薄的资金中饱私囊之际，因父亲生病返乡的辻村拎着行李箱从车站走来。初太郎只顾着聊自己的，大概对孙女那边视而不见。

“那她干吗写什么私奔和鬼怒川？”

仙吉在电话这头迁怒。

“她说是想到万一对方如此邀约该怎么办才写下的。”

写上盐原又删除，是因为联想到盐原多助[1]就失去兴致。至于“水月”这家旅馆，是在古筝老师家看到的话本，听到这里，仙吉与多美都错愕地很想瘫坐在旅馆柜台。

“反正已经到了鬼怒川。你们今晚就洗个温泉享受一下。你以前不是说你们没有过蜜月旅行吗？”

“那种东西，以我们的身份……”

“一害羞就吼人，是你的坏毛病喔。”

“详情等你们回来再说。”门仓说完就要挂电话，仙吉急忙说“等一下，别挂断”阻止他。

“你不来吗？”

“你是说来鬼怒川？”

---

1 盐原多助（1743—1816）：江户时代的商人，从上州来到江户卖薪炭成功致富。

“对。”

“你说什么傻话啊。你们夫妻俩恩恩爱爱地度个假吧。这种事一辈子只有一次。”

“所以我才想叫你来呀。”

“老公。”多美说着拽仙吉的袖子，仙吉不予理会，对着话筒大吼：“你的工作也起死回生了，肺炎也康复了，不是更该庆祝一下喝一杯？来吧。如果电车没班次了，就搭出租车赶来。”

那是不容拒绝的口吻。

“真的可以吗？”

“我等你。”

挂断电话的仙吉身旁，多美重重地吐出一直憋着的气。

换上棉袍，夫妻俩面对面坐在暖桌前，却没有特别的话题可聊。不知是温泉的蒸气濡湿了头发，还是棉袍外面罩的坎肩黑绒布领口所致，多美看起来格外娇艳。可以看出她回话时心不在焉，浑身僵硬。是不想让他发现她在等待门仓吗？

“他还没到吧。我先去泡个澡。”仙吉起身，不知道是第二次还是第三次去泡澡。

把身体沉入仿造岩石浴池的浴槽后，门开了，蒸气那边出现了管理浴室的老人面孔。

“请立刻出来。”

要把水放掉了吗？他正想这么问，老人嘘声压低嗓门继续说：“起码穿条内裤。否则紧要关头会很丢脸。”

老人让他抱着脱衣篮，突然关掉灯。

“你去棉被间躲起来吧。之前也发生过双方撞个正着，动刀子的事件。”

“撞个正着？跟谁？”

宽阔的天窗射入的月光中，只见管理浴室的老人竖起猥琐的大拇指[1]，开口说道：“先生，你们是私奔吧？”

事后，门仓与多美，乃至仙吉都忍不住笑到流泪。

“难怪会以为你们夫妻是私奔。”

1　在日本，竖起大拇指也指“男人”。

“他把你当成从东京包出租车赶来捉奸的老公了。”

三人坐在暖桌前再次捧腹大笑。

“我是情夫。”仙吉的喉头咕咕响。

“嫂子与我是夫妻。”门仓从胸前口袋取出手帕擦眼泪，之后，谁都没说话。

那晚，仙吉与门仓都醉了。

“如果我先死了——”替门仓的杯子斟酒后，仙吉略显郑重地开口。

“别说傻话了。”

“你先听我说嘛。如果我死了，就拜托你了。”他瞄了多美一眼后再次重申，“拜托你了。”

门仓默默举杯喝酒，多美把炒盐豆一一用门牙咬开。

“她看起来伶俐，其实很糊涂，要拜托你啰。”

“相对地，如果我先死了——”

“嗯，我们会替你抚养孩子。对吧？”

多美大大地点头。

“我身为男人没什么出息，只能照顾孩子。”

门仓替仙吉倒酒，仙吉也替他倒酒。

“什么下辈子，我是不相信啦。”门仓罕见地充满伤感地说，“但是就算再投胎一次，我也希望是这样。”

门仓纤细修长的手指指向仙吉夫妻，过了一会儿又指向自己。仙吉摇头。

“不。下次该这样——”仙吉肥短的手指将门仓与多美比在一组，自己另成一组。

“今晚就照人家误会的那样睡，我睡这边就好。”

“你胡说什么。笨蛋。”

三人又笑了一下。

仙吉与门仓又喝了三瓶酒，脚伸进暖桌底下就这么在榻榻米上躺平。

多美却睡不着。

暖桌下面，有两个男人的脚。摊成大字形，脚背高、脚盘宽的肥短脚板，是仙吉。避开多美那边，靠向另一边的，是门仓瘦骨嶙峋的大脚。不用看也知道。

多美雪白的裸足，摸索着朝门仓的脚那边靠近。只差一点点便可碰到时，多美的脚停下，又回到原位。两个男人神色安详地发出鼾声。

君子来到仙吉家，是在夫妻俩刚从鬼怒川回来时。

“对不起。”仙吉在玄关跪地慎重道歉，“我们正在说，等安顿下来要一起登门道歉。拒绝了亲事私下又擅自交往，这实在是……”

“那不是好事吗？我就是觉得他们很般配才会撮合这桩亲事。他们真的在交往，我身为媒人，反而感到很骄傲。”君子表示并非为了那件事来访，将她带进客厅后，她在夫妻俩面前郑重开口。

“其实，是我想离婚。”

“离婚？和门仓先生吗？”

多美不禁脱口而出，君子露出微笑，同时从容不迫地凝视她。

“不然还有谁？”

泡了茶正要进客厅的聪子，躲在纸门后面浑身僵硬。她想赶紧送上茶水后逃出去，可是现在进去恐怕会很尴尬。

“只要我退出，不就一切圆满收场了？”

“事情不是这么简单。”仙吉很困窘，只好戳戳多美，多美也回戳丈夫，两人互相推让。

“这种问题应该由夫妻俩自己讨论，不是外人可以插嘴的事吧。”

“是啊。但是水田先生你们另当别论。我想请水田先生来决定，或者应该说是请水田太太。”

君子正面与多美对视。她那向来平静清高的微笑已经消失。

“水田太太说的话，我先生一定会听。对吧？”

仙吉代替说不出话的多美，略微耍宝地指着自己的鼻子说：“他那是给面子，给好友的妻子面子。”

君子压根儿不理睬仙吉。她只盯着多美，只对多美说：“过去我曾多次考虑离婚。这种生活根本不是夫妻。可是，我对我先生还有依恋，我不甘心把他让给别人。现在固然是地狱，但离婚之后恐怕更是地狱。这种生活的确不像夫妻，但世间也有很不可思议的夫妻，明知好友爱上自己的老婆，还亲密地来往。”

“嫂夫人。”

多美发话的同时，仙吉也以悠哉的口吻朝起居室喊道：“喂，不是有苹果吗？”

“苹果也好不到哪儿去。”说完，君子扑哧一笑，“天啊，我真是的。本来想说太太你也好不到哪儿去。”

“苹果也好不到哪儿去吗？”仙吉跟着重说一遍，三个人都笑了。笑声是唯一的救赎。

“那个，叫什么来着的？把将棋的棋子乱七八糟堆叠起来，再轻轻一拉。”

噢，是这样子吧——两个女人比出堆积棋子的动作。

“只要这样抽出一枚，就会哗啦啦全部垮掉。”

两个女人保持那样的动作等待他的下一句话。

“古怪的形状自有古怪形状的平衡，或许有时，那对大家来说就是幸福的形式。”

君子问：“万一抽掉了一个呢？”

“大家应该会瓦解吧。”

君子默默望着夫妻俩。然后小声笑了出来。笑声越来越大，最后边笑边落下大颗眼泪。

而聪子，在母亲的梳妆台前涂上厚厚的口红，蹑足从后门离开了。

初太郎倒下了。

地点是东京车站的一、二等候车室。

他正在与山师伙伴金牙与鼬鼠讨论赚钱时，忽然昏了过去。这间候车室本来只有拿二等车票才能进来，但初太郎他们很少被站务员拦阻。

椅子套着白色椅套，冬天也有暖气。最大的好处就是位子免费。三人不时在这里会合，大谈漫无边际的计划与赚钱故事。他们会斥责鼬鼠私吞款项，然后鼬鼠拼命辩解，之后照例是初太郎回忆得意往事。就在初太郎叙述皮夹塞满百元大钞的全盛时代之际，忽然向前栽倒。

初太郎被抬回白金三光町的家里时，人已面如死灰。

门仓火速赶来。

去门口迎接的多美，以眼神告诉他：已经没救了。门仓没有对坐在被角的仙吉说出任何话，在初太郎的枕畔坐下后，自怀中取出皮夹。他不知道从哪儿弄来厚厚一沓百元钞票，在初太郎的面孔上方挥舞。

“老太爷，您这次不是赌中一笔大买卖吗？不是说要还给我本钱两倍，甚至三倍的钱吗？”

初太郎似乎稍有反应。

门仓拽住仙吉的手臂，推他一把，叫他让初太郎握住钞票。仙吉甩开。门仓用尽全力想再次抓住仙吉的手，但仙吉用更大的力气甩开。

“喂，水田。”

多美从旁抢去那沓钞票。

“爸。门仓先生说，要提供你本钱。”

门仓倾身向前。

“下次是哪座山？木曾吗？您看怎样，要不要跟我合伙？”

多美让初太郎握紧钞票。

“有……多少？”初太郎的眼中亮起小小的光。

门仓以快活的大嗓门怂恿似的喊道：“您自己数数看嘛！”

初太郎僵硬的右手伸向发白干涩的嘴唇，冒出舌苔的舌头舔舐大拇指的指腹。数了一张，舔一下，数两张，再舔一下。初太郎挤出最后的力气，朝钞票伸手，终于力竭。

他的胸口与脸上散落着百元钞票，多美发出呜咽声。

仙吉喉咙咕噜一响，扑向初太郎。用自己的脸磨蹭那满头白发的脑袋。

“爸！”他喊道。然后，像个小孩放声大哭。

聪子在辻村的住处第一次接吻。

忽然被人把脸抬起，才刚觉得书架上排列的艰深书籍的书背文字不停旋转，已被温热的东西压住。一瞬间，她不知道这是怎么回事。她闻到学生服油腻的味道，还有烟草的气味。她看过书上说味道是甜的，但其实并不甜。

就像被巴隆舔的时候一样，事后留下腥味。可是，她一点也不讨厌。有种做完大事业的心情。好似太阳雨，明明不想哭却落泪了。

聪子回家时，初太郎的脸上已盖了白布。

枕前的小桌上供奉着线香鲜花，初太郎平常用的饭碗里装满了米饭，插了一根已被初太郎用成焦糖色的象牙筷。

多美坐在被角，两侧，仙吉与门仓同样交抱双臂而坐。

初太郎曾说两人是“狛犬”。

狛犬公“阿”。

狛犬公“吽”。

也教过他们“阿吽”这个名词。

初太郎知道门仓喜欢多美，多美也喜欢门仓，而且也很清楚仙吉知道此事。一如他不跟儿子说话，他对此也只字未提地死去。

成年人对于重要的事，一个字也不会说。

“你上哪儿去了？”

多美拦住正欲大吼的仙吉，掀起盖在初太郎脸上的白布，用鼻塞似的声音催促道：“过来向爷爷道别。”

聪子用手背抹拭自己的唇，拿多美递来的毛笔蘸点水，濡湿初太郎半启的嘴唇[1]。过多的水，自下巴一带如泪水滑落。

守灵夜很热闹。

仙吉那些连初太郎长什么样子都没见过的男同事，以及门仓公司的相关人员纷纷来上香、喝酒、吃寿司。照例，打理一切杂务的是门仓。

聪子排好客人的鞋子，接替负责烫酒的多美。多美去了和室，

1 拿新毛笔或用筷子夹脱脂棉蘸清水，家人依序靠近枕边沾湿死者嘴唇的仪式，本是祈求死者复生，也代表家属想为死者最后再做点什么的心意。

似乎在到处跟客人打招呼、替客人斟酒。

过了一会儿，多美走进来。

她双手拿着酒瓶瓶颈，边摇晃边伫立片刻，最后在聪子的身旁坐下。

“你喝喝这个。”

“我不会喝酒。”

“没事，你喝喝看。”

聪子觉得，母亲已经醉了。或者是初太郎的死，令她心神失常。

多美把小酒瓶的酒倒进旁边的杯子，递到聪子的嘴边。

聪子想撇开脸，这才惊觉不对。

那不是酒。

“是高汤啦。”多美把杯中的浅色液体一口喝下，“门仓先生一直在默默喝这个。他怕被别人喝到会闹笑话。自己抱着两瓶酒。还小声说：‘嫂子，这个搞错了。’那个人，他怕万一被你爸爸发现又要骂人，所以瞒着不让人发现妈妈的疏忽……”

多美泫然欲泣的声音吃吃发笑。

“在你爷爷的守灵夜笑出来，要是被你爸爸看到了肯定要挨骂。”说着又笑了。

她眼睑下方的卧蚕微微泛红鼓起。聪子觉得母亲很美。

敞开的客厅里，仙吉对门仓举起手，说了一两句话，门仓大大地点头回应。好像又有客人来吊唁，仙吉格外守礼地跪地行礼。门仓拿坐垫给客人。

聪子起身去厨房，准备端泡菜给客人。

隔壁的收音机正在播报新闻。

猛然扭开水龙头放水的聪子，只能断断续续地听出南京特电……

方帽子

母亲命她在和尚抵达前清除玄关旁的蜘蛛网，聪子忍着恶心，挥舞了两三下扫帚。

聪子在井边洗了手，正要进屋时，和室传来争吵声。

在佛坛前看着像要揪着前襟激烈争吵的，是父亲仙吉与门仓。今天是仙吉的亡父初太郎一周年忌日。门仓供在佛坛上的那包诵经费很厚重，被仙吉喝止，叫他不要多管闲事，还把那包钱塞回门仓的口袋，这就是争执的开端。

“他有儿子在。用不着外人操这个心。”

门仓也不肯让步。

"老太爷生前可没把我当成外人。虽然和你这个独生子不讲话，在我面前却会诉说全盛时代赌中了大买卖、挥金如土的故事！"他忍不住如此反击仙吉的痛脚。

"他只会在外人面前死要面子，也不替我这个被迫收拾烂摊子的人想想。我怎么可能会有好脸色。"

"那你丧礼倒是办得挺盛大的啊？重新买了大得夸张的佛坛，据说还每天点灯上供到天亮。你是觉得以前对他不好，良心不安吧？说来说去，毕竟是父子嘛。"

门仓说这是他的一点心意，千万别见外，把钱又用力放回佛坛。

"只是一点心意的话，为什么这么厚？"

一丝不苟的仙吉当场拆开袋子，只留下一张十元钞票，把剩下的钱放回皮夹，这才算解决。

说到这里不免想起，过世的初太郎以前看到多美排解仙吉与门仓的争执时，如此笑道："简直是猪鹿蝶[1]的广播体操。"

猪是仙吉，鹿是门仓。两人的争执，就像广播体操一样是家常便饭，就这么一再重演，维持了二十年以上的交情。

之后，门仓被多美私下责备。

"上次不是也说过了。我知道门仓先生因为军用品需求增加所以手头阔绰，但我家只是普通的薪资家庭。过生活，两边有所谓的高低。你这样子，我们实在不敢跟你来往。"

"对不起。以后我会注意。"五尺八寸的雄伟男子，在顶多五尺高的多美面前，像小学生一样立正不动，乖乖低头道歉。多美有点窘迫地回和室去了。

门仓保持那个姿势又站了一会儿。每当他多管闲事地弄巧成拙，或者拈花惹草引起纠纷时，都会被多美责骂劝告。对门仓而言，那是最大的幸福。他想独自咀嚼幸福的时光，如果马上走未免太可惜。

1　猪鹿蝶：日本的花牌，十分的卡片萩、红叶、牡丹上分别绘有猪、鹿、蝴蝶。

仙吉在佛坛前悠然抽烟。对女人很挑剔的门仓，唯独对自己的妻子多美另眼相看。这点令他得意也感到欣喜。

正月新年、雏祭[1]、赏花、海边戏水、采松茸以及圣诞节。每次一有什么事，门仓都砸大钱做得太过火。每次都与仙吉发生争执，被多美责备。这就是我家的四季风景吧，聪子想着，忽然感到好笑。聪子已经十九岁了。

玄关的门开了，多美与聪子猜想或许是和尚来了，连忙跑过去迎接，但站在门口的是门仓的小老婆礼子，带着才刚过完生日的小守。

“怎么现在才来！”门仓一边抱起小守，一边埋怨道。

“你打个电话，就叫我马上赶来，可是女人还得做很多准备呢。对吧，水田太太？”礼子朝吃惊的多美一笑。门仓一进门就解释过妻子君子头痛不能来，大概后来临时起意又把礼子叫来。

“谢谢你在百忙之中还特地前来。”

1　雏祭：在每年的 3 月 3 日，是日本春天的传统节日，家中会摆出雏人偶装饰，祝福女儿健康长大。

仙吉虽感困惑，也一板一眼地行礼致意。

“哎哟，我很闲啦。闲得要命，简直无事可做，所以能让我来，我太高兴了。哎呀，这是做法事，好像不能高兴是吧？”

“不，热闹一点的话，家父也会很开心。”

“俗话不是说‘枯树也是山的啥[1]’吗？你家在东京的亲戚太少了。”门仓抱着小守，就像在自己家那样举止自如地走进里屋。

礼子之后在和尚诵经时吸着鼻子落泪，多美与聪子都吓了一跳。

“你哭什么哭啊？你又没见过这家的老太爷。”

面露讶异的门仓从胸口抽出手帕后，礼子破涕一笑。

“我真傻。每次听人诵经都会这样。大概是觉得不哭不好意思吧。”

“你就是这样，所以我才不敢带你出去见人。”门仓想这么

1 原句是“枯木也是山的热闹”。意思是说，即便是枯树也能增添山的风情，引喻虽然是微不足道的事物也聊胜于无。

说似的露出苦笑，反过来说，大概他也就是喜欢她这一点。

不料，诵经途中，原配君子出现了。

“中途打扰实在不好意思。”她穿着无懈可击的黑色正式礼服，一开口就先道歉。

“我的头痛好像有点好了，所以想说至少来上炷香。”

“这样啊，这样啊。那真是太好了。”门仓说着，已满身大汗。

多美机灵，已经将礼子与小守带往二楼的聪子房间避难，但小守大概是没耐心了，在诵经声中哇哇大哭起来。

“又哭了。是隔壁邻居的小孩吧。”

试图辩解的仙吉眼睛仰望天花板的举动，并未逃过君子的法眼。

“隔壁邻居住双层楼房？”

“啊，不。”

仙吉都已经哑口无言了，君子还感叹着又补了一句：“一定是男孩子吧，哭声好有力气。”

她是个当过护士、十分贤惠的女人，但正是这点令门仓不满意。

君子走后，多美与聪子上二楼。礼子在壁橱里钻进被窝，和小守一起睡着了。

在神乐坂的料亭八百驹的内室，仙吉坐在背对柱子的上座，傲然挺胸。

“阁下，谢谢您倒的酒。”门仓一边恭敬地接下酒杯，一边对艺伎介绍这是水田子爵。

门仓想介绍自己熟识的艺伎给他认识，可是对方迟迟不现身。

“麻里奴怎么这么慢？阁下难得大驾光临。”

老板娘惶恐地回答：“我已经叫她中途转台了。”

“光是中途转台应个卯怎么行。叫她一定转台。”

仙吉问起“一定转台”这个名词的意思。

“阁下不知道这个名词。您出身高贵，自然没听过下等人的事。要找在别的包厢陪客的当红艺伎时，会叫她‘中途转台’，但若是不熟的生客有时也会拒绝。这种场合会提出‘一定转台’，在香火方面无限制挥霍，一定要让人转来这边的包厢。”

“那就叫作‘一定转台’吗？”

“意思是一定得去。”

“原来如此。”

“在这种宴席找艺伎玩的叫作‘平’，看对眼叫到外面幽会的叫作‘影’。”

“这点常识我知道。”

“不好意思。”

就在这样对话之际，麻里奴出现了。果然是个身材高挑的重量级美女，难怪能够迷住门仓。门仓介绍说“这位是水田子爵”，接着又补了一句，“是我公司的金主喔。”

“果然是人上有人。自有一股威严气派呢。”

对方这么奉承着替他斟酒，仙吉立刻投降。

“门仓，你就饶了我吧。”仙吉说着双手合十。

“其实是闹着玩啦。每次都是这家伙请客，所以他叫我偶尔坐一次上座。”

“喂，水田。”

“哎呀，原来这位不是子爵大人啊？”

“别说是什么子爵了，我顶多只有癫痫[1]。喂，门仓，跟我换位子。背对柱子坐，我都没心情喝酒了。”

“你这人真不会演戏。”

“每个人本都有自己的风格。”仙吉换了位子，在麻里奴面前正式行礼道歉，“对不起，刚才骗了你。”

“我喜欢。我喜欢水田子爵喔。”麻里奴说着秋波流转。

“喂，水田。神乐坂第一号大美人看上你了。你可真是艳福不浅。”

仙吉感到体内一阵酥麻。那与修理电子钟时不慎触电，自脚凳跌落时的感觉一模一样。

---

1 此处为谐音，子爵（Shishaku）的发音与癫痫（Kanshaku）相近。

门仓离开后，家中的电灯忽然变暗。多美与聪子就着剩菜，吃起寒酸的晚餐。

“男人真好命。”聪子拿筷子夹着煮竹轮说道，“这时候八成用服完丧去秽气当理由去餐厅大吃大喝。亏他们有那种心情。”

多美用冷饭做茶泡饭。

“搞不好是赶快回去道歉。”

“向哪一边道歉？”

“啊，对喔。说到可怜，门仓婶婶与二奶，其实都一样。”

“你呀。老是说人家二奶、二奶，会养成习惯喔。万一在那个人面前顺口喊出来，那才真的会难以收场。”

“礼子小姐、礼子小姐……”聪子反复念这个名字。

“其实我也觉得，大小老婆那样当场碰面后他还出去玩未免太逍遥，不过门仓先生大概也很不好受吧。就像今晚，真要回去时，还不知该回哪一边才好。”

“留在我们家，一起吃完饭再走不就好了？”

“留在家里会被我骂。”

“啊，对喔。”

“你发出的声音真好听。”多美是指聪子吃黄萝卜时的声音。

“妈，你自己不也发出声音。”

“声音不一样。女人生过小孩后牙齿就不行了，你毕竟年轻。”

聪子像要刻意给母亲听似的大声咀嚼黄萝卜。门仓叔叔走后，母亲好似一下子老了两三岁的事，她没说出口。

这样的夜晚，聪子辗转难眠。

关灯后，房间的空气就像乌黑的方形羊羹那么沉重。门仓婶婶与二奶礼子肯定都在等待门仓回去。楼下的起居室里，母亲多美也在等待父亲回来。聪子也在悄悄等待。她在等接吻一次就分手的帝大生辻村。辻村之后立刻罹患肺结核，返乡去了。他好像寄过一封信来，但在仙吉的命令下，多美声称要用热水消毒把信放在蒸气上熏，弄得字迹模糊无法辨认。从此再无音信。聪子虽然告诉自己要死心，却还是余情未了。聪子觉得，就是全日本女人的等待之情，让夜晚的空气变得沉重。

仙吉直到深夜才回来。

“水田子爵归宅啰。”他脚步踉跄地嬉皮笑脸，“梅枝的净手盆，如果敲一敲就有钱出现……”[1]

他荒腔走板地高歌，之后也不时哼唱“梅枝的净手盆”。

多美傍晚买菜回来，听到二楼传来琴声顿时一肚子火气。

“真拿聪子没办法，跑到二楼怎么替我看家！”

万一让小偷闯空门怎么得了？她一边发牢骚一边自后门进屋，当下大吃一惊。

佛坛前坐了一个年约七十岁的老人。一边狼吞虎咽地吃上供的豆沙饼，一边还在念经，看到多美后，他转身说：“你是媳妇吧。”

“这是什么意思？ 一周年忌日居然没人在家！”他劈头就抱

---

1 明治时代的俗曲。故事出自源平大战时，梶原源太之妻千鸟为了他不惜去当妓女，花名叫作梅枝。源太出战急需三百两黄金，梅枝想起挂川观音寺的无间钟传说，遂把净手盆当成钟拼命敲，内心祈求就算坠落无间地狱也想要钱，果真从天降下金子。

怨，“这样子我哥可会死不瞑目。”

听到他说“我哥”，多美这才恍然大悟。

老人名叫作造，是死去的公公初太郎同父异母的弟弟。似乎因为某些复杂的内情，在多美的婚礼上并未出现，亲戚聚会也没通知他。但是，初太郎与儿子闹翻后似乎格外怕孤单，托人四处打听找到他，十年前带他来过家里一两次。初太郎死时，也是在山林的地图之间找到作造的名古屋住址，因此打电报通知他，但不知是哪里出了差错，他并未赶上丧礼。他做房屋建材师傅好像有段时期也赚了不少钱，不过现在据说是靠上班族的儿子赡养，住在尾久。

初太郎在世时，仙吉因为与父亲失和，对这个作造似乎也觉得很碍眼，从来没给过他好脸色，但父亲死了之后，他倒像是换了个人似的热情招待。

“亏您还想起来，先父也会很高兴的。”仙吉自己跑去厨房，指示多美煮鸡肉火锅。

但是，作造老人重听。

“您一直待在名古屋吗？”

“这鸡肉好硬啊。”

“令郎的上班地点在名古屋吗？”

“那叫作名古屋军鸡，吃过名古屋的鸡肉就再也吃不下别处的。”

“令郎还好吗？”

“肉太硬了。”

诸如此类。

但仙吉依然和颜悦色，还说嫌硬的话就吐出来，拿卫生纸给他接着。

“喂，下次换一家买鸡肉。”他呵斥多美，“用我爸的被子可以吧。是不是该多盖一条毛毯比较好？”

仙吉打算留他过夜，让家中女人全都大吃一惊。她们从未听过他对死去的父亲讲话这么客气过。

而作造老人，似乎也认为仙吉的款待是理所当然，嘴上虽抱怨，胃口倒是相当好，吃完鸡肉火锅就住下了。

彼此有血缘关系，所以说来理所当然，他有张肖似初太郎的气派面孔，耳朵很大，耳内长硬毛的地方也一模一样。不过他比初太郎更高深莫测，喜欢装傻。

翌日，聪子与作造一起去早稻田大学。作造声称要送东西给那里的学生，仙吉说他重听太危险，于是命聪子陪他去。

与老人并肩，在方帽子来来往往的大隈讲堂前等候，一个高个子学生跑来，同样戴着四角特别坚挺的方帽子。

“小少爷，你长大了。”

作造拿手里的大包袱拍打学生。就是那个聪子说要帮他拿，他却倔强地坚称不需要，始终不肯让她拿的包袱。

学生嚷着“会痛啦”急忙闪躲，一边说：“我已经不是小少爷的年纪了。你突然打电报来，我当然会吓一跳。”

作造没回话，拆开包袱给他看，白木做的大军舰出现。

学生惊呼一声，似乎想起什么。二话不说就轻戳作造的肩，作造也轻戳学生，开心地笑了。

“连一根钉子也没用啊？”知道作造重听的学生，像大声骂人似的缓缓重复。

“那当然，是用榫接方式组成的。”

“这是樱木？”

“是桧木啦。”

“厉害。”学生似乎把凑近观看的聪子当成作造的孙女，“亏你还记得。”

学生先这么声明后，不等聪子发问，就主动说明他与作造的关系。

“他是出入我家的建材师傅，很疼爱我，小时候说好了要做一艘军舰给我。我都已经忘了，他却每隔三年寄一次贺年卡来，以丑丑的字写着‘那个约定我没忘’。”

“约定没实现就死掉的话，会影响下辈子投胎。”作造如释重负地重重坐下，取出烟管，塞进烟草。

“形状真好。”学生也弯下腰，摩挲桧木军舰。聪子觉得军舰固然特别，像坐垫似的方帽子更稀奇。她忍不住稍微碰触眼皮底下那顶帽子的角。学生抬眼扫来的视线令她慌乱。

“对不起。”她道歉，“我很好奇帽角的地方是怎么做的。我家不认识任何早稻田的学生。”

聪子帮母亲做事时，也曾帮忙缝制过坐垫，缝合四角翻面，拿针尖把角顶出来，但角就是不够坚挺令她伤透脑筋……本想这么说，但对初次见面的男人讲这些好像太不检点，于是作罢。

学生像要说“请看”似的脱下帽子递给她。聪子差点被那股男人味儿呛得皱起鼻子。头顶的部分不像黑色毛织布，倒像是渗油的皮革。与父亲仙吉在气象预报说午后可能下雨时穿的黑色旧皮鞋一模一样。不可思议的是，她并不觉得肮脏或恶心。

聪子探头看帽子的内面。内衬被发油弄得发出湿润般的光泽。虽然有点依依不舍，聪子还是把帽子还给他。学生接下后，随手扣在聪子的头上。他指着旁边的玻璃窗，做出“你去看看”的动作。

“可以吗？”

见学生点头，聪子拔腿就跑。

戴着方帽子映在玻璃窗上的聪子，就像女明星水之江泷子或津阪织江。学生绕到她身后，替她调整帽子的歪斜。学生看似愤怒的脸，与聪子一起映在玻璃窗上。作造蹲在后面，以手掌代替烟灰缸敲打烟管。

聪子正在做某件事时，忽然心不在焉，手停顿下来。聪子发现打从那天起她就养成这种毛病。她想，说不定，这就是爱情。

洗手间的镜子映出叼着牙刷发呆的面孔。上次在她脑袋上方出现的是那个人看似愠怒的脸，现在是父亲仙吉。微微冒出胡楂儿的惺忪睡脸，与聪子一样叼着牙刷，心神恍惚。

“老公，你和聪子都在发什么呆？”

多美的责备声令父女俩慌忙动手，牙膏喷到镜子上。多美最近经常发出这种尖锐的声音。

仙吉家吃的是米饭、味噌汤、纳豆和生鸡蛋，门仓家是面包、咖啡与半熟蛋。

门仓边用刀子灵巧地去除蛋壳顶端，边开口：“那家伙也是男人啊。”

他说着不禁苦笑。他知道，仙吉迷上了神乐坂的艺伎麻里奴。

“水田先生是男人中的男人喔。之前你都没发现吗？”妻子君子比平时更仔细地在面包上涂抹奶油递给丈夫。他们是难得闲聊的夫妻，因此君子格外高兴。

“我本来以为，唯独那家伙在那方面绝对不会出轨。”

“明明是你自己带人家去的。”

“但他找的对象也太糟糕了。”

“那女人很恶劣吗？”

“不是恶劣，但那铁定是癞蛤蟆想吃天鹅肉。你看吧，那家伙，听说每三天就去报到一次。”

说到一半，他警告妻子：“喂，不准说喔。”

“你是说在他妻子面前吗？ 我怎么可能会说。”君子的声音越发亢奋。

“他们的感情已经很深了吗？”

“别提了，他连人家的手都没握过。对方是艺伎耶。虽然这话不该在你面前说，根本犯不着砸钱去料亭，直接把人叫去旅馆幽会——”

“很简单是吧？”

“可是水田那小子，偏偏自以为是双叶山[1]，非要正面出击。”

“那样得花多少钱啊？”门仓说着拿起咖啡杯，又警告一次：“喂，不准说喔。”

门仓拜访仙吉家时，通常在白金三光町的大马路上就从司机驾驶的自用轿车下车，自己慢慢走过去。无论是下雨还是下雪，门仓从来不曾让车子直接开到门口。

那晚才刚入夜就突然下起倾盆大雨，但门仓似乎是从大马路一路跑来，他的皮鞋吸了雨水变得很重。聪子蹲在玄关，把旧报纸揉成一团塞进鞋子。她塞报纸的同时，还得仔细检查报纸上面有没有刊登天皇玉照。

聪子早已发现鞋子的味道也有男女之分。门仓的鞋有一种父

1 双叶山（1912—1968）：相扑力士，第三十五代横纲。擅长正攻法。

亲仙吉穿到变形的宽脚盘鞋子没有的好闻气味。下雨的日子，若有客人来，替客人的鞋子塞报纸除湿向来是聪子的工作，但客人若是门仓，聪子会更从容地怀着满心期待把报纸揉成团塞进鞋里。

父亲不在的晚上，门仓如果来访，多美总会借故把聪子喊到起居室。这是为了避免与门仓独处，但那晚母亲罕见地并未叫她。

最近，仙吉夜夜迟归，所以聪子猜想八成是在谈那件事。

“我是在门仓先生面前才敢说，我从他的口袋找到预支薪水的收据。”多美压低嗓门说，“该不会遇上了什么麻烦吧。”门仓拿起多美绣到一半的抹布。她拆开旧浴衣，用红线仔细绣上麻叶的图案。睽违一段时间不见的多美，或许是因为昏暗灯光的关系，看起来面色憔悴。

“水田和旁人不同，绝对没问题。”门仓正在这么说时，伴随着敲响玄关格子门的声音，仙吉回来了。

“梅枝的净手盆……”

仙吉一边哼歌，一边摇摇晃晃地在玄关大喊“水田子爵归宅啰”，日式外套沾了雨水，闪闪发光。

“又有应酬吗？”多美脸色僵硬地问。

“我跟门仓一起。”仙吉依照喝醉时的习惯，把绅士帽戴在多美的头上，“那小子，死都不肯放我走。最近一直有公司应酬。我叫他饶了我，那家伙居然反剪我的双手，就像这样。”

他表演单人相扑。

“门仓和我的体形不同。我被他压制……”

单人相扑倏然冻结。

门仓拿着抹布就站在走道口。

仙吉突然笑出来。这时候除了笑别无他法。

“‘天网恢恢，疏而不漏’是老子说的吗？了不起，说得对极了。”

他大摇大摆地走进起居室。多美的眼睛对着站在楼梯口的聪子说，“你该去睡了。”

在起居室坐下的仙吉，朝多美怒吼，嫌她太没眼色。

“有哪个家伙会拿粗茶招待门仓。若是一大清早也就算了，你又不是小孩。”

“如果你在家，嫂子当然会拿酒。”

“咱俩是什么交情啊，不通人情也该有个限度嘛。”

对话中断后，壁钟的声音顿时大得离谱。

仙吉再次怒吼：“我可不会道歉喔。男人本来就需要找借口。在某某地方与公司的谁谁谁招待了某某客户。这种啰里啰唆的事能够一五一十向老婆报告吗？当然会在进家门找理由时用上朋友的名字，这是大家都会做的事。”

多美与门仓都不发一语，于是仙吉又大声对门仓说：“你应该也用我的名字当过借口吧？”

“经常这样。”

“你看吧。这世间本来就是鱼帮水、水帮鱼。”

“话是这样没错……”

“我不也跟你一起去过吗？那个神乐坂的，今晚也是去那里。”

门仓默默把抹布放在仙吉的面前。

“干吗？你在讲冷笑话，叫我拿抹布擦脸吗？”

“绣得很仔细吧？我是想叫你好好看清楚。”

被戳到痛处的仙吉，又对他笑了：“害老婆伤心的男人，还好意思教训我。”

多美插嘴：“门仓先生不要紧。因为门仓先生早就习惯了，他有抵抗力。可是老公你……”

“嫂子，对不起。”道歉的是门仓。

“喂，门仓，你为什么道歉？”

“因为是我带你去那里的。”

“对呀，都是门仓先生不好。聪子的婚事，万一被她爸爸弄得一波三折那可怎么办？”

“又不是铁丝，哪有那么容易曲折。”

多美不看嘴硬的仙吉，径自对门仓抱怨：“门仓先生你也是，今后，你最好不要再让周围的人伤心了。”

“我无话可说。”门仓跪在榻榻米上，看起来好似是为自己和仙吉一起道歉。

车站前与闹区，现在可以看到拿着千人针[1]的成群女人。

在足可缠绕腹部的白布上，拿笔杆末端蘸上朱泥，在布上的老虎图形按上一千个圆点，再在上面拿红线打结。把五钱[2]铜板与十钱铜板一起缝上去，好像是祈求战士能克服死亡线与苦战 。老虎，是虎行千里、千里而归的意思，所以寅年生属虎的女人可以按照岁数多缝几针。

多美是亥年生的，因此只需要缝一针，如果被叫住，就得把买的大包小包放在脚边当场做针线。

中日战争似乎日渐扩大，但周六的午后很平和。下班回来的仙吉在睡午觉，聪子为了古筝发表会正在二楼复习六段筝曲。

多美抱着大葱和白萝卜进屋，家中的空气好像刚刚搅动过，

1 千人针：日本直到第二次世界大战盛行的风俗。由一千名女性在白布上用红线各缝一针，送给战士贴身佩戴当作护身符。

2 五钱意指超越四钱（发音同死线），十钱意指超越九钱（发音同苦战）。

不太平稳。仙吉盖着夏凉被鼾声大作，但他好像是装睡。放存折的茶柜小抽屉半开，软趴趴地垂落着纸张。多美不发一语扯开凉被。仙吉以半带惺忪的声音说：“你做什么？一把年纪了，还在大白天胡闹。万一聪子下楼看到了怎么办？”

“你打马虎眼也没用。”多美像要翻动整袋木炭般把仙吉一推翻了个身。他的身体底下赫然是存折，“这是怎么回事，老公？”

多美一口咬上仙吉握得紧紧的右手。好痛好痛……仙吉忍不住张开手心，印章滚落榻榻米。

仙吉本来还扯歪理，说他只是检查一下抽屉里面收拾到什么程度，但在多美的逼问下，终于豁出去，坦白是公司同事需要一百元。

“男人有时就看这种节骨眼的表现。这时候如果小气吧啦，一辈子都只能当个小鼻子小眼睛的人。你看看门仓，看看人家。那家伙的气度就是来自该玩的时候玩得阔气。”

“是这样吗？”多美动作粗鲁地取出木片包裹的可乐饼与单

薄的炸猪排，“可乐饼一个五钱。只有你吃的那份我咬牙买了一片十五钱的炸猪排。虽然附近也有卖，但我听说车站那头的便宜又好吃，所以走路去买回来。女人花钱的时候是想着一钱当两钱在使用。请你不要忘记这点。”

“出门之前，你不要唠唠叨叨！”

心痛与自我厌恶，令仙吉只能大吼。怒火中烧、本想发话的多美忽然把可乐饼整个塞进口中，开始咀嚼。

“喂！”

“如果不往嘴里塞点东西，我怕自己会说出无法挽回的话。”

她强忍几乎夺眶而出的泪水，嚅动着嘴巴说：“好吃，啊啊，真好吃。”一下子噎到几乎喘不过气。

“笨蛋。哪有人会一口气整个塞进嘴里。”

“你少管我。”

她猛然甩开仙吉想替她拍背的那只手，夫妻俩拉拉扯扯。仙吉的膝下，可乐饼与炸猪排、高丽菜丝混在一起被压得粉碎。

从二楼下来的聪子，瞄了两人一眼后，又蹑足走回二楼去了。

若是过去，看到父母这种争执的场面，她肯定会像刚才看到的可乐饼那样心都碎了，但今天略有不同。她收到了那个人的来信。

“要不要再戴一次方帽子？”

信中以大字写着会面的时间与地点，署名是石川义彦。信是自从上次来过就声称要修补家中建材，一再上门的作造老人转交给她的。她发现，一旦恋爱，父母的事自然会变得无关紧要。

虽非梅枝的净手盆那样的故事，但是惹多美哭泣、弄到钱去神乐坂的仙吉，听说麻里奴已赎身离开后不禁呆在原地。他连借酒消愁的力气都没有，就这么直接回到家，却未见到多美。做到一半的针线活旁，解开的腰带沿着走廊迤逦伸向浴室，传来阵阵水声。

“今晚不是不烧热水的日子吗？”说到一半，他才察觉是多美在洗澡，“我真有这么肮脏吗？”

两三下响亮的冲水声代替答复传来，但这其实是仙吉自己多心了。边做针线活儿边打瞌睡的多美，梦到被门仓拥抱。过去也不是完全没做过那一类的梦。但是，每一次她都会在紧要关头狠下心肠，大喝一声“停！”然后就醒过来。唯独这次，一方面也是因为在生仙吉的气，令她比以往稍微晚了一点才喝止。多美第一次被门仓抱在怀里。当然，是穿着衣服，但她还是像蚱蜢般跳起来，跑去浴室冲水。

仙吉如今下了班就直接回家。晚上也不再小酌一杯，整个人无精打采。精神抖擞的反而是多美与聪子。

聪子最近格外用心做针线。她整日待在二楼动针，但她缝的不是浴衣，是人造丝的俄罗斯民族衣裳。这是担任学生舞台剧导演的石川义彦委托她做的。

收到他的来信约第二次见面时，义彦没戴着她憧憬的方帽子而是穿着破旧的浅蓝色工作服，腰上挂着装铁锤的帆布袋。义彦告诉她那叫作舞台道具袋。

小小的舞台上，话剧社的学生正在排练，听到他们互称什么“割脖钦斯基”“呆伯钦斯基”，聪子憋笑憋出了满身大汗。

“名字虽然好笑，倒是很正经的戏。”

“据说是果戈里的作品《检察官》。”

“啊，这个名字我倒是听说过。那时我还觉得这名字听起来硬邦邦的。”

“果戈里……的确硬邦邦的[1]。”

躲在充满胶皮臭味的布景后，一笑就吸进灰尘忍不住打喷嚏。她说要买戏票捧场，义彦却说与其买票更想拜托她缝衣裳。她本就想学洋裁，所以这下子正好。

“可是，我家没有缝纫机喔。用手缝可以吗？”

“俄罗斯人民本就贫穷。他们哪有什么缝纫机。”

于是，聪子就这么看着范本，努力缝制俄罗斯衣裳。

门仓的二奶礼子带小守来，是在周日的午后。她说门仓又有了三奶。

“我有明确的证据。”礼子本来就长得像狐狸，吊起眼睛这么一噘嘴，活脱脱就与稻荷神社的鸟居前并排的石像[2]一模

1 日文用“gorigori”形容坚硬物体相互摩擦，与“果戈里”的发音近似。

2 狐狸被视为稻荷神的使者，因此稻荷神社前并排的石像通常不是狛犬，而是狐狸。

一样。

“我要抢在敌人备战之前先登陆。”

仙吉与多美一再打圆场劝阻她。

“哎，这时候你更该宽宏大度才对嘛。门仓就是那种男人。如果不搞出一两则风流韵事，那家伙的生意也完了。军需产业完了，就表示日本也完了，所以你就睁一只眼闭一只眼。”

仙吉被礼子的小眼睛瞪得慌了手脚。

“别忘了你有小孩，而且是男孩。”

“对呀。门仓先生不是最疼小孩了吗？每次他抱小守时的那种神情简直是……”

“这半个月以来，他都没抱过，无论是小守还是我。”

这种事以前从未发生过。礼子怀疑他是否生病了，结果一查之下……她说着，给夫妻俩看一张字条，上面写着三轩茶屋那边的地址。

“第三个小公馆设在三轩茶屋，就算开玩笑也该有个分寸吧。”

虽不知对方是谁，但据说是个年轻的大美人。

礼子摩拳擦掌说现在就要立刻找上门算账，仙吉夫妇劝她这种事还是多花点时间慢慢来，但她把小守拉到怀里撂狠话。

“那不合我的性子。与其抱着孩子在公寓里胡思乱想，我宁愿抱着炸弹冲过去，直接拼个你死我活更痛快。”

那栋房子立刻就找到了。

精心打造的门上，挂着低调的门牌“森川寓”。被抱着小守的礼子连拉带扯硬拽来的仙吉，朝院子的篱笆门内竖起耳朵。

在女人的低笑声中夹杂着男人的声音。那肯定是门仓不会错。他好像正在檐廊上让女人帮他掏耳朵。

“那本来都是我做的事。”礼子横眉竖眼，让小守拿着小国旗，“听好。走进那里，就有爸爸哦。小守，你最爱爸爸了对吧？”

“你会大声喊爸爸吧？”礼子小声说着，悄悄推开院子的篱笆门，拍拍小守的小屁股。

“冲锋前进！”

屏息的两人，听见小守喊爸爸的声音。仙吉到此阶段再也待不住，索性躲到路旁的电线杆后面。礼子向来好强冲动。他怕礼子万一泼洒什么硫酸或盐酸就糟了，所以才跟来，但他实在没胆量看接下来的场面。

礼子扒在篱笆门上，探头朝里窥视。

只听到女人的声音说：“你看这孩子，是哪家的孩子？”

“对呀，不知是谁家的孩子。”

门仓的声音，明显狼狈不堪。

“大概是附近邻居家的小孩吧？”

“爸爸。”

门仓与小守的声音重叠。

“爸爸不在这里哦。小弟弟你迷路了是吧？好，叔叔带你回家吧。”

然后，抱着小守的门仓大喊：“这是哪家的小朋友？”

一边走出来。

"那当然是你家的小朋友!"

看到门仓被埋伏等候的礼子揪住,整个人手忙脚乱,仙吉这才缓缓走近。

"喂,门仓。"仙吉从容不迫地发表意见,"现在不同以往。你可是那孩子的父亲。别再乱搞了。"

眼见礼子喊声"老公"揪住门仓的前襟,仙吉同样从容不迫地阻止她。

"别说了,别说了。有时沉默胜于雄辩。到底如何是好,究竟该怎么做,门仓其实都知道。今天就到此为止,先回去吧。"

礼子也点头。

"门仓,拜托你啰。"仙吉再次展现从容气度,挺直腰杆拍拍比他高出一个头的门仓肩膀时,一个女人从篱笆门冲出来。

"老公!"女人拖着长长的尾音一边撒娇,"小弟弟遗落了这个。"

看到手里拿着一只童鞋跑出来的年轻女人,仙吉肝胆俱裂,女人正是麻里奴。

“水田子爵？”麻里奴也张口呆立。

在涩谷高架桥下的串烤店，仙吉与门仓并坐喝酒。

门仓的右眼周围，像黑色凸眼金鱼那样肿起来，是被麻里奴拿小守的鞋子砸的。

“很痛吧？”

门仓默默喝着杯装清酒。

“在军中时，咱们彼此都被各种东西揍过呢。木刀、皮带、长官的拖鞋。不过，被小孩的鞋子砸到……”

“更痛耶。”

“一个女人，未婚生子的压力有多么沉重，你想过没有？不能公开见人，就表示她也得放弃与亲戚来往，必须低头面对世人，从此对普通女人的生活断念。”

门仓再次无言。

“你没有孩子，所以包二奶我还可以认同。我老婆也这么说过。但是，三奶免谈。我没办法再配合。首先，那让人很不愉快。

况且我家还有女儿，对孩子的教育也有不良影响。”仙吉越说越激动，“反正你一定是砸钱，拿整沓钞票甩到人家脸上替她赎身吧，你这种只要有钱什么都可以的做法，就男人而言，是最最下流的。”

门仓幽幽说道：“你这种说话方式，也太咄咄逼人了吧？”

“喂！”

“责备朋友外遇，犯不着暴出青筋、鼻尖冒汗地讲得这么激动吧？”

“想到她抱着小孩、哭哭啼啼来我家的心情，我当然会暴青筋。”

片刻沉默后，门仓低声说：“只是因为那个吗？”

“听起来倒像是夹杂嫉妒。”他如此补充。

“是带点嫉妒。如果没有，那就不是男人了。”

“我的确一直靠你照顾，也常让你请客。但就算这样，你也不能抢别人的东西吧？”说到最后，仙吉的语气变得很尖锐。

“别人的东西？她本来是你的吗？”

“说来丢人，我的确迷恋她。”

“就只是那样吗？”门仓再次确认后，“对方是个艺伎喔。如果没出手、只是暗恋就算是自己的女人，那花街柳巷全都是我的女人了。你都几岁了？就算没常识也该有个分寸。”

“被你这么说，我的确无话可说。但这是我有生以来第一次迷恋女人。知情识趣的，才算是朋友吧？你谁不好挑，干吗偏偏挑中那个女人替她赎身？”

“所以我才要替她赎身。所以我才要横刀夺爱。”门仓又叫了一杯酒，“如果你再这么陷下去，一定会铸成大错。如果迷上艺伎，不是一点小钱可以解决的。你会从预支薪水变成挪用公款，到时候你太太怎么办？我真的很难过。我不忍心看到你太太那种表情。”

“那么，你是为了我老婆才这么做？为了多美，不惜花费几万元巨款，替麻里奴赎身？”

碰触到不该碰触的禁忌那种窒闷，被两人借由沉重的叹息吐出。

突然间，仙吉大声怒吼，叫他别讲得那么好听。

“扯那什么狗屁歪理！有哪个世界会有人笨到因为不想看别人的老婆哭泣就砸大钱？你根本就是贪恋美色，是你自己好色。”

“对啦，也不能说完全没有这个因素。”

“看吧。你看吧！”

门仓与仙吉，都想把事情归因于这个理由。

“自己卑鄙不说，光会推到别人头上。”

真是卑鄙的浑蛋！仙吉唾骂，甚至还毫不客气地说，我不想看到你，你暂时别出现在我面前。

那晚，仙吉向多美报告门仓包三奶的事情：“虽然可能无法在这一两天之内解决，但我已经好好教训他了，他应该很快就会和对方分手。”

“要分手的话，又得花一笔钱吧？”

“反正那是他做子弹赚来的钱，像子弹一样大把大把挥霍掉没关系。”

多美发觉，仙吉的视线前所未有地在自己的侧脸与领口一带游移。

“怎么了？我脸上沾了什么东西吗？”多美撩起散落的碎发。

“你真是个幸福的家伙。”仙吉这么说完后又接着表示，“偶尔也把遮雨板关上吧。”

他起身走到檐廊旁边，发出巨响，拉出遮雨板来。这是一年难得发生一两次的稀奇事，多美对聪子说：“明天要下雨了。”朝女儿耸耸肩。

芋袋

天长节[1]到了，仙吉家也挂起国旗。虽然很想说那是白底红日旗，可惜已晒得褪色，边缘也破了，是相当破旧的日之丸。许是因为无风，国旗软趴趴地颓然垂落。

“至于骑着爱马‘白雪号’的大元帅陛下……”

不时发出嘎嘎杂音的收音机，高喊天长节庆典仪式的新闻。仙吉与门仓在檐廊下围棋。举凡假日，门仓都会来下棋。下棋是不花钱的娱乐。总是让门仓请客的仙吉，唯有怒声支使多美与聪

1 天长节：庆祝天皇生日的节日。1948 年起改称为天皇诞生日。

子去泡茶、拿点水果来的时候，才会大摇大摆、从容不迫。

他们一边放下棋子，一边以语尾接龙的方式过招。比方仙吉嘀咕一句“巧妇难为无米之炊”，门仓就接口“着色画要选贝蒂或小天宝[1]”。

输给仙吉的门仓，“哟哟”做出以肘拭泪的动作，“哟哟哟哟”流下男儿泪，逗得两名女士哈哈笑。

“四期连胜，无敌双叶山。”如此接话的仙吉就会很得意。门仓立刻在要害下了一子还以颜色，仙吉哀号“哎呀惨惨惨”，门仓挺胸说：“日本坦克进南京城。”

这时玄关的格子门忽然拉开，一个男人冲进来。

男人五十多岁。穿着像是木匠或鹰架工人，似乎已醉得两眼发直。他也不打招呼便直接闯进屋，看到仙吉与门仓也不说话，只顾着到处东张西望，然后猛然拉开壁橱。

“你是什么人？”

1　两者皆为卡通人物。

仙吉与门仓都目瞪口呆，也忘了拦阻他，只顾着看。男人闯进起居室，差点撞上聪子。聪子低声尖叫，多美连忙挺身护着女儿。仙吉说：“喂，你是什么人？说话！”

仙吉的语气就像警察。

“你到底是谁？”门仓也大喊，但男人正眼也不瞧他们，径直朝厨房探头，跑过走廊，打开初太郎的房间，从厕所到浴室全都开门一一检查。仙吉与门仓跟在男人后面到处跑，大吼：“你是谁？究竟想干吗？”但男人只是默默推开两人。

“对了。在二楼！”男人高喊，立刻就想上楼。

“慢着！”

“别过来！再过来我就杀人啰。”眼见仙吉与门仓追上来，男人粗声恫吓后，拔腿冲上楼。

“喂，你不认识这个人吗？”门仓问仙吉。

“可能是这个吧？”仙吉在头上比画不停旋转的手势时，男人又“咚咚咚”像跌落般冲了下来。

他质问在楼梯下僵住的四人：“人藏在哪里？我老婆藏在

哪里？”

男人发直的双眼瞪视四人。

“老婆？”

“少装蒜了！”男人来回审视仙吉与门仓，突然一把揪住门仓的前襟勒紧。

“偷我老婆的，就是你吧？”

在一头雾水的情况下，三个男人扭成一团，最后和似乎一下子醉意上头的男人一起倒在榻榻米上。

在气喘吁吁的三人面前递上一杯水的是多美。仙吉伸手去拿，但多美温婉地说声“请用”让男人的手握住杯子。

“您的夫人今年几岁？”

男人一口气喝下水，还在耸肩喘气。

“一定长得很漂亮吧？”

男人“哼”了一声放下杯子，但看起来倒是有点得意。

“她叫什么名字？”

“芙美。”

“跟我好像，我叫作多美哦。”多美拿起杯子，“这位是门仓先生，是我先生最好的朋友。开设军需工厂生意很好，在花天酒地方面也很威猛，有二奶，还有三奶。”

“嫂子。拜托别在聪子面前让我没脸见人。”门仓抓抓头，指着仙吉，“这个男人也不会抢你老婆。他个性古板，对妻子死心塌地，死也不会出轨。”

“你该不会是找错地方了吧？”

被仙吉这么一说，男人说声“奇怪了”歪着脑袋就要走。

“请等一下。”多美以平静的声音叫住他，“您闯进来的时候就没打招呼，走的时候也不打招呼吗？”

她顿了一下，看着男人的脸，继续说道:“下次再要闯进屋时，请先好好调查，确定对象之后再闯进来。否则你身为男人也不好中途抽身吧。”

“对不起，是我失礼了。”男人在门口跪地道歉，有点摇摇晃晃地离去。

在这场骚动中大发雌威的是多美。

“男人真是没面子。”门仓一再这么说，“我可不是说水田和我胆小怕事哦。我是说，在那种时候，我们就无法用平常的声音说话。‘您的夫人几岁？’‘一定很漂亮吧？’那正是男人的要害。”

“门仓先生，你别取笑我了。”

然后他们开始评论男人的妻子。年纪应有三十七八岁。八成肤色白净，骨架纤细，一把柳腰。他们推断，男人应该是拜倒在大森一带的小餐馆女服务生裙下然后把人娶回家。他们把打乱的棋子放回去，又开始玩接龙下棋。

“拜倒裙下娶回家。”

“娶回家没关系，就是不放心。”

“不放心是应该的，毕竟是横梁老婆嘛。”门仓接口说。

“那是什么意思？”

“意思就是老婆的条件比丈夫好上一截。”

仙吉瞄了多美一眼后，回嘴道：“那不是跟门仓家一样吗？”

玄关的门开了。聪子说：“那个人，该不会又来了吧？”

众人正准备起身，传来的却是作造老人悠哉的声音。

“你在客气什么。快进屋，快进屋。”坐在玄关的作造，一边拿脖子上的毛巾拍打脚，一边朝格子门外喊道，“快呀，芙美小姐”。

芙美小姐？众人听到时，只见毛玻璃那头有人影晃动，一个女人走进来。年约五十岁，肤色黝黑，身材略胖。她没化妆，包裹头巾的装扮也很土气。就算想拍马屁也无法称为美人。她粗声打招呼说：“打扰了。”

女人就这么站在玄关，但是身材肥胖，所以格外占地方。

“仙吉，这个人，在你家借住两三天可以吧？”作造老人说得极为理所当然，令众人再次吃惊。

“那的确是我老公。”

名叫芙美的女人，一派镇定地说。

她说男人叫作庄吉，是个木匠。手艺虽好酒品却很差，一喝酒就像变了个人。芙美明明没有做错事，他却拳打脚踢地动粗，弄得她伤痕累累、贴满膏药，丢脸的甚至连公共澡堂都不能去。

“作造先生说我再这样下去会被杀掉，发挥正义感帮我。

“虽然总想着今天一定要离开、今天一定要走，但一个女人家走不成。没有那种拍胸脯说一切交给我的男人的信心，就无法下定决心。”芙美这样讲到一半，又补充道，“啊，请千万不要误会。”

她声明与作造绝对没有男女关系，说着睨视众人。“都这把年纪了还黏在一起，我才不干呢。”作造也傲慢地说，“我可是干柴火，一点湿气也不沾。”

“总之什么藏人家老婆、抢人家老婆的，用那种眼光看作造先生会遭天罚哟。”

她这种盛气凌人、怪他们把神明与救世军当成小偷的态度，令众人很无力，甚至就连作造，或许是骑虎难下，居然也开始激愤地放话：“庄吉那家伙，我要好好揍他。”

门仓目瞪口呆，“要揍他没关系，但请去外面揍好吗？”他率先开炮。

“我很同情你们，但请你们也替被连累的人想想好吗？家里有青春期的女儿，却让醉醺醺的人闯进来，嚷着什么交出老婆又偷人的，谁受得了啊。”

面对气势汹汹声讨的门仓，芙美说：“这位是一家之主吗？”

门仓霎时气弱，指着仙吉说一家之主在那边。他本人不好开口，所以我才代他说……先这么声明后，他相当直接地挑明表示，虽说是亲戚，但并非真有血缘关系，该不会误以为这真是自己的家吧？

门仓好像不太喜欢最近三不五时会碰面的作造老人。他与过世的初太郎很聊得来，所以看到对初太郎冷漠的仙吉热情招待作造，似乎很不满。

不知是真的听不见还是假装听不见，作造悠然叼着烟管，但仙吉轻轻推了一下作造，把他叫到暗处。

“你最好别管了。事情会变得很麻烦，所以最好趁现在放手别管。”他如此劝告。

但作造说：“又不是拔河，还能中途放手吗？”

作造硬是不予理睬。门仓看不下去，大声说："我知道你想表现帅气的一面，但是也得考虑一下自己有几斤几两。"

他迂回地讥嘲，但即便都如此放话也没用。

"我身高五尺五寸五分。"

只换来对方无厘头的回答。

就在众人面面相觑叹气之际，似乎察觉情况的芙美，说声"打扰了"低头道歉。

"这么说或许好像很没同情心，但就他怒发冲冠地闯进我家来看，你先生显然很爱你。"

仙吉也说芙美最好回去，结果，芙美在作造的护送下回去了。

"本来以为是个绝色美女，结果正好相反。门仓叔叔甚至说她是芋袋[1]。"

1 芋袋：骂人身材圆滚滚像装满芋头的袋子。尤其是指肥胖的妇人。

三天没见面，聪子很期待把这三天发生的种种告诉石川义彦。

从被酒品不佳的丈夫虐待忍无可忍离家出走的女人聊到目前引起话题的报纸连载小说《路旁之石》[1]。

“即便是被大家践踏的路旁小石子，也有它的愤怒。”

“你看过了吗？”

“我家订的报纸是朝日[2]。想到吾一少年的命运不知会怎么样，我就提心吊胆。山本有三这个人，为什么中途停笔呢？”

义彦说不是他要停笔，是人家不让他再写。

“是政府吗？遭到打压吗？”

这种话聪子现在也敢说了。她说俄罗斯衣裳的布料费也不用给她。

“我赞助你们。”

---

1 《路旁之石》：山本有三 1937 年在《朝日新闻》上连载的小说，1938 年在《主妇之友》上连载“新篇”，受当时时代背景的影响，遭到官方检阅审查，1940 年停笔未完成。内容是描述困境中的少年爱川吾一诚实面对人生的态度。

2 即日本三大综合性报纸之一《朝日新闻》。

"你知道的事情不少嘛。"

"我还知道别的大人物。"

"那是什么人？"

聪子慎重地复述一遍，义彦笑着搂住她。

当她像朗读外文诗句般又说了一遍，义彦的唇堵住了她的唇。

连续一段时间没去二奶礼子的公寓时，门仓一定会找仙吉一起同行。

"我是不知道什么芋头袋或木炭袋啦，但这个故事未免编得也太巧了吧？"

礼子冷眼看着大谈作造与芙美那段故事的门仓与仙吉。

"不，这是真的。"

"算了，水田先生不用也跟着勉强说谎。反正这个人啊，不敢进门时，每次都这样。他以为只要一边说什么'喂，名古屋城的金鱼虎鳞片被偷啰，你知道吗？'这种奇闻逸事一边走进来，就不会被我骂了。”

门仓忙着讨好闹别扭的礼子，同时也不忘抱怨仙吉太纵容作造。

“话是没错，但他儿子和儿媳妇好像都不太重视他，他年纪又大了，工作恐怕也做不动了。”

“和那个老头比起来，死掉的老太爷虽然倔强，至少有骨气。这次的事根本是不负责任乱搞嘛。”

说到一半，礼子像是就等这句话：“你是在说你自己吧？”

她又把话题扯回自己这边。

“我正在教小守数数哦，一、二、三、四。说到‘二’的时候，这个地方会忽然缩成一团，不知为什么。”

她按着胸口给他们看。

“说到‘三’的时候，这里会烧起一把火，很不可思议吧？”

她朝他们抓抓头皮，演技相当精彩。

“那件事不是已经解决了吗？”仙吉打圆场，门仓也戳着小守的睡脸：“三天不见，又长大了。”

“又不是牡丹花的花苞，你胡说什么呀。”

这种日子不管说什么都只会弄巧成拙。就连门仓装在信封里悄悄塞到坐垫下的当月生活费也是。

“哎哟，这是干什么呀。大奶、二奶、三奶……”她当着大家的面就数起百元钞票。

“别这样。”

看到这种时候的门仓，仙吉觉得自己或许比较幸福。

那天深夜才返家的门仓，不得不再次大吃一惊。

“欢迎您回来。”

因为门一开，接过公事包的竟是穿白色罩衫的芋袋芙美。

而且，出来迎接的君子还说：“这次找的人不错吧？是作造先生替我找到的。”

君子说要暂时留她在家中帮佣，门仓像个稻草人般站在宽敞的玄关，呆掉了。

骚动发生，是在又过了一个月之后。

有事出门的君子发现忘记拿东西，回家一看，当作茶室使用的偏屋纸门半开，门后，可以看到工匠的围裙与帮佣的罩衫随手乱丢在地上。作造正在家中修建材，那应该是他的吧？罩衫是芙美的吗？她蓦然惊觉。纸门上男女交缠的影子，就像乡下简陋的皮影戏般隐约映现。

这时，电话室响起铃声，君子大声回了一句“来了”。纸门上的影子突然消失。君子打了自己脑袋两三下，便匆匆奔向电话室。放下打错电话的话筒后，穿着白色罩衫的芙美慢悠悠问道：“太太，您忘了带东西吗？”

远处，可以看到作造正在用刨刀。

“如果欲求不满，女人就会产生这种肤浅的幻觉吗？当时我这么想，又出门去了。可是还是觉得不对劲。我心里起疑，于是再次回去。结果……”

这次她从院子的篱笆门进去。只见水井旁摆着脸盆，作造正在洗衣服。洗的是红色的缠腰布。他把整块布撑开，正在用力甩干水汽时发现了君子，老人就这么撑着红色的方形布片，成了真人布景。

“被当场逮到，再挣扎也没用了。”

在檐廊穿着长内衣的芙美，好似难堪得已顾不得一切，默默地低头道歉。

仙吉与多美，门仓与君子，在两对夫妇面前，作造毫无愧疚之色，一派淡然，芙美倒是标准姿势——低着头。这是西式房间，没有榻榻米起毛的碎屑可以撕扯，她就拽着沙发套的编织穗子末端。她是圆滚滚的芋袋，所以好像无法用垮下肩膀来形容。

“这……这……这跟你们当初讲的不同吧？”仙吉罕见地结巴。年轻时，他有口吃的毛病，据说在某某矫正会治好了，但是只要一激动又会冒出来。

“说什么不是男女关系，是正义感，已经不沾什么湿气，那些都是骗人的吗？”

“就算是老柴火也会残留湿气。”

仙吉的矛头，转向芙美。

“你也好不到哪儿去。说什么神明啦，救世军啦，你是不是搞错了救世军？”

仙吉逼近芙美的手，被作造拿烟管一把推开。

“错的人是我。”他说。

“万一被她老公知道了怎么办？要是他去报警，你这是通奸罪哦。”

“那得坐两年牢哦。”门仓说。

“我已有心理准备了。”

作造把烟草缓缓塞进烟管。

“是我偷了别人的老婆，穿上红色牢衣去监狱就是了嘛。”

芙美好像在低声与作造嘀咕，但是被门仓的大嗓门盖过，想必根本没有传入作造的耳中。

“伤脑筋，伤脑筋……”门仓连喊了五六次伤脑筋，接着，又各说了三次“了不起”与“干得好”。

“人类这种生物都是藏着各种心情在生活。大家都是抱着如果剖开肚子、掏心挖肺，会面红耳赤无法出门见人的心思过日子。只好自己掩盖自己的心情，走一步算一步，自欺欺人地活着。大家都希望能够为所欲为。想是这么想，但是没胆量做。”

门仓逐一看着仙吉、多美和君子，然后像要说服自己似的嘟囔。

“人只能活一次，只要忠于自己的想法去行动就行了。偏偏大家在意周遭的人，为了面子故作清高地活着。”

他说仿佛被人拿大木棍朝后脑勺儿痛击。他对作造说：“我对你刮目相看了。”

“你不要把他捧得那么高。”仙吉这厢却有无法那么高调欢喜的原因，“就现实问题而言，万一被她老公知道了，那可不是闹着玩的。”

“有什么关系。他都说身为男人要负起责任了。他自己说要戴着深编斗笠，绑着腰绳，以通奸罪的罪名去坐牢。”

是男人就该这样，门仓这么说到一半时，话被打断了。

“要不要暂停一下？”君子和颜悦色地插嘴，“长篇演说一定口渴了吧？你想喝茶还是啤酒？”

君子缓解紧张气氛后，又转向芙美。

“芙美，你真善良。”她温柔地对她一笑。

“你不忍心让男人，应该说是让老人丢脸，所以袒护对方的心情我可以理解，但是事后恐怕会变得很麻烦哦。”

“呃，太太，您这句话是什么意思？”

“照我来说，”君子像是要刻意讲给仙吉、门仓与多美听，以低沉的声音缓缓说道，“老人经常会有这种情形发生。我年轻时当过护士，所以我记得，上了年纪之后，‘要是这样该多好’与‘真的这样做过’的界限会变得模糊不清。”

她定定地凝视芙美。

“那么太太，您是说我们之间什么都没发生过？”

“如果那样说出来，会让他蒙羞吧？”

“那些都是真的。作造先生说‘你好可爱’‘我爱上你了’，紧握我的手。我老公虽然力气也很大，却比不上作造先生。我觉得对不起老公，紧抱着柱子，可是身体却不听使唤，好像竹筒玩具枪被抽了芯。”

“到此为止不就好了，到此为止的话就不构成犯罪了。”

门仓对君子怒吼：“喂，你到底在说什么？！”

作造身体倾斜歪着头，试图努力伸长耳朵，但好像还是听不见。

君子不理会作造，继续往下说。这次她把脸转向多美。

“不管是什么样的男人，丈夫就是丈夫。就算是被比丈夫更有魅力的男人引诱，也绝对不能答应对方。水田太太，你说是不是？”

看到多美点头后，她接着看向仙吉：“水田先生也这么想吧？”

“嗯。对呀，那是做人的道理嘛。”

“等一下。”

门仓的语气有种绝非事不关己的迫切感。

“长时间珍藏在心中的某种精神性事物，在某一天突然像火柴自燃般‘砰’地爆炸了耶。就算是神明看到了，也会假装视而不见吧？”

“老公，你好像说得格外用力啊。”君子委婉，但八成别有意味地向他确认。

“那么，你是说我也可以变成那样啰？”门仓也不能退缩。

“行啊，一辈子一次的话。”

“我可不要。”这是多美说的，“不管发生任何事，都不该背叛丈夫。”

“对呀，就是说嘛。”君子赞同，接着说，“芙美，什么也没发生对吧？都是作造自己的误会吧？”

侧耳倾听的作造大喊：“用不着瞎操心。我说过身为男人会负起责任，我说了要穿红衣坐牢。”

“什么也没做，还要去坐牢吗？你应该已经过了六十岁吧？”

“不，枯木也会开花。真的开花了。”

就在多美想阻止恨不得揪住君子胸口的作造时，芙美以粗俗的语气说：“是我打瞌睡，做了一个梦。”

作造哑然。

“芙美小姐，你胡说什么？！”

然而，芙美对作造瞧也不瞧，径直向仙吉与门仓鞠躬。

"我不放心我先生，我要回家了。"

唯有作造似乎仍无法置信，拼命摇头。

仙吉与多美走在夜路上。仙吉领先半步，多美尾随在后。

"门仓也是个古怪的男人。"

仙吉忽然想起，于是笑了。

"那是那家伙的心愿吧，我也想那样。即便七十古稀，还敢染指别人的老婆，替人家洗缠腰布，说一句枯木开花。那种心情我懂。"

说着，他不停偷瞄多美。

"四五十岁的话，那样当然不好，不可原谅。但都已经七十岁了。与其生气，应该说是可喜可贺吧？你不觉得吗？"

仙吉的眼睛在笑，但嘴巴绷紧。多少有点想借着开玩笑刺探、确认多美真心的意味。

"我可不愿意。"

仙吉停下脚步。

"老公，你不在乎吗？"

仙吉不知如何回答。如果说出什么，恐怕会结巴。

多美也很困扰，瞪大双眼，拼命思索该怎么说。

"要是我，如果你和门仓先生的妻子发生那种事——"

"你胡说什么！我干吗和门仓的老婆？"

"我只是打个比方嘛。我是说，身为妻子很讨厌这种事。不管活到七老八十，都还是绝对讨厌。"

"讨厌吗？"

"很讨厌。"

"可是，你不觉得很可怜吗？"

多美默默迈步走出。仙吉也落后半步跟着，一边踩着多美的影子，一边反复说："这样啊。女人讨厌那个啊。"

拉面摊子遥遥在望。

"喂，去吃拉面吧？"

他忽然精神一振。

蒸气伴随着温馨的气息自拉面摊冉冉升起。绑在摊子边的瘦狗朝两人摇着尾巴。

聪子把追加的俄罗斯衣裳藏在夹衣底下偷偷缝制被多美发现后，仙吉逼她说出对方的名字。

“到底是哪个家伙？”仙吉怒吼。聪子很想说不是德意志[1]是俄罗斯，但她还是保持沉默。

“你老实说说看，我们不会生气。”

多美说，但聪子凭着十九年来的经验早就知道说实话只会惹恼父母，所以这时也没有回答。

“好。你不想说就不要说。但是相对地，你就给我坐在那里，直到肯说为止。水也不准喝，也不许上厕所。你能撑到什么时候，试试看就知道了。”

多美替她说情，但仙吉不肯松口，聪子就在起居室自傍晚坐到深夜。

1 “哪个家伙”与“德意志”的日文发音近似。

她决心不管几小时或几天都要坐到底。不管是口渴还是尿裤子都没关系。这就是爱情，她在心里试着放狠话，但两个小时之后，她想上厕所了，连全身汗毛都开始微微颤抖。

“万一搞坏肾脏怎么办？”

多美气愤地质问仙吉，于是那晚总算放过她，但是最后，她还是不得不把能说的全说了。

仙吉去拜访义彦。义彦腰挂工具袋的打扮，令仙吉露骨地面带嫌恶。

“你父母是做什么的？”

“这跟我父母无关吧。我认为恋爱和结婚是一对一的事。”

“那个一对一是谁生出来的？不就是父母吗？”

仙吉由此开头后，继续盘问。

“收入呢？”

“没有。”

“将来的计划？”

“没有。”

“没有？”

“没有将来计划的，应该不止我一人吧？日本这个国家也一样，这样下去甚至整个亚洲与全世界都是。”

“我们走！”仙吉说着拽起聪子的手。

“跟这种没收入也没有将来计划的男人交往有什么用！”他大吼。

“爸你太落伍了！”聪子抗拒。

“你帮这种顶着红发乱搞的家伙做事，会被传染赶时髦的毛病。”仙吉怒吼，用力拽她。

“请不要动粗。”义彦护着聪子。

“做父亲的拉小孩的手，算什么动粗！”

双方互相拉扯，谈判破裂。

不料，数日后，来访的门仓与君子告诉他们，义彦是大财团旗下某制药公司社长的儿子。

“说来说去，女人还是要看跟的男人是谁，女人就算再怎么咬牙努力，如果嫁了个不起眼的男人，一辈子都得仰人鼻息流眼泪哦。”

她似乎不知道自己说的话已伤害到多美。不，也许讲到一半发现了。

“当然也有普普通通的女人，只因为丈夫发达了，就跟着走路有风，神气得很。”她如此补充。

“不管怎样都是麻雀变凤凰哟，水田先生。”

“但是，不管怎么看，那分明都像是穷苦学生或是做粗工的学徒嘛。”仙吉嘀咕。

“他很缺钱，连舞台剧服装的布料费，好像都是聪子自掏腰包。”

“太有钱的人，反而会这样。死要面子的，都是没钱的人。”

结果，他没把家世告诉聪子反倒成了低调内敛的品德。

仙吉与多美的态度改变了。仙吉虽说是上班族但前途可想而知，就算他在脑中一隅勾勒“飞黄腾达”这几个字，聪子觉得也不能怪他。

“最近找一天时间，在家里吃寿喜烧吧。把那小子也揪来好了。”仙吉故意用粗鲁无礼的口吻说，实际上眼神却带点卑微地邀请义彦，不料，事态却先一步有了意外的发展。

为了约吃饭时间，聪子第一次造访义彦的住处，结果就碰上特高[1]来搜查。

敲门的声音令义彦当下猜到来人是谁，他叫聪子从后门逃走，还教她万一被捉到，就说什么也不知情，只是受托缝制衣裳，但聪子二话不说就关灯，把装有热开水的水壶丢向玄关抵抗，结果被警察带走了。

人面很广的门仓动用关系，与仙吉一起去领人，聪子那天深夜终于被放回家。

在佛坛点灯祈求的多美跌跌撞撞跑出来迎接。仙吉关上玄关门后，劈头就揍聪子。

“爸，你为什么打我？”聪子站在仙吉面前，直视父亲的眼睛，“我到底做了什么？我做错了什么？要打的话，上次发现我和那

1 特高：即特别高等警察，负责取缔政治、思想、言论方面的“反动”活动。

个人交往时就该打了吧？听说人家家世背景好、父亲当社长，立刻态度一百八十度大转变，点头哈腰，现在却又翻脸不认人。”

“少跟我强词夺理。有人赌命在打仗，你却……”

“水田，今晚别说了。”

门仓与多美介入后，聪子没掉一滴眼泪就上二楼去了。

熄了灯的佛坛上，初太郎的照片脸色暗沉。

“做傻事的基因会隔代遗传吗？”仙吉嘟囔。

“是做大事的基因。”门仓纠正，“老太爷死后，这社会越来越糟了。”

“你的公司倒是赚到大钱，或许乐得如此。”

门仓默默点燃香烟。

多美说：“难道就没有什么办法可以让她死心吗？”

片刻沉默后，门仓说：“很困难。”

“门仓，你帮我劝劝她。你说的话，聪子向来肯听。”

门仓摇头。

“很困难。纵使明知不会有结果，人还是会坠入情网。”

仙吉也缄默，叼起香烟。

多美默默凝视着两个男人的指尖，冒出紫色的淡烟。

四人家族

周六的午后，门仓拎着大西瓜造访仙吉家，礼子也牵着小守的手同行。

虽是二十年的交情，门仓在某些地方依旧谨守礼仪，每次都是从玄关的格子门打声招呼才进门，但这天小守推开了半敞的院子篱笆门，于是两个大人也只好跟在后面从院子进去。

走近檐廊的门仓正想开口寒暄时，立刻呆立原地。多美穿着白色亚麻西装外套，一本正经地站在镜子前。那是男装，所以很宽松，袖子也太长，再加上她里面没穿长裤，只有一件贴身长衬裙，如果再拿个旗子，简直就是敲锣打鼓的宣传队了。多美还没发现被人看到，头上戴着已变成茶色的旧绅士帽搔首弄姿。

晚一步走进来的礼子，以响亮的声音大笑。多美惊叫一声，同样呆立原地："天啊！怎么办？"

她就这样猛然趴伏在榻榻米上。绅士帽像是发出笑声一路滚到檐廊。多美似乎绝望了，直起身子。

"啊！被你们看到丑态。我还以为大家都出门了，应该没关系。"

礼子捧腹大笑讲不出话。

"那是水田先生的夏装吧？"

"是前年的。亚麻的衣服只要穿两个夏天，领子就会被去渍油烧坏不能再穿。我觉得当初花大钱定做，就这么丢掉太可惜。这年头又提倡废物利用，我想或许可以改成聪子的衬衫，所以才穿穿看。"

"那也用不着自己套在身上吧。"

看到抱着柱子大笑的礼子，多美也跟着一起笑了，抹着眼泪，赫然发现一旁的门仓。

门仓拎着西瓜，如遭雷击般伫立。

“你怎么了？欸？”

被礼子一摇晃，他的喉头深处“咕”的一响，把西瓜往檐廊一放，就这么掉头冲出去了。

两个女人面面相觑。

“门仓先生这是怎么了？”

“一定是憋不住啦。他呀，虽是男人却很爱笑。但他觉得当场笑出来对你不好意思。这时候八成抱着外面的电线杆笑得眼泪都出来了。”

礼子说对了。

门仓把额头贴在路旁的电线杆上。他的额头在贴有“专治小儿夜啼尿床”“口吃者速来”“花柳病”等小广告的电线杆上揉来揉去。

“真好。真好。”他一再重复。

“就是这个，就是这个啊。”他咕哝。长年来，自己憧憬的就是这个。那种认真、那种滑稽、那种可爱。

“危险啊。危险啊。”他又如此咕哝。

“叔叔，你是不是身体不舒服？”

大概是去跑腿办事刚回来，穿着简单服装的聪子站在眼前。

“不，没事。什么事也没有。”门仓拼命擦汗。

“那边怎么样了？我是说石川。”他压低嗓门问，“他应该从拘留所出来了吧？”

“可是，不管去哪儿都有特高盯着，所以他说见面只会给我惹麻烦。他叫我不要再跟他联络了。”

“聪子，你很难过吧。”

若是强硬的话语还能倔强地亮出刀刃，但碰上温柔的话语就会忍不住双眼含泪。

“人生在世啊……”

聪子吓了一跳。向来总爱开玩笑的门仓这还是头一次谈什么人生。

“人生在世，总有些事情是必须死心、不得不毅然挥刀斩断的。”

他感慨万千地说完后，伸出手安慰道："你要打起精神。"

聪子满脸诧异，还是准备与他握手，门仓却又突然缩手。

"不能和有恋人的人握手。"

"叔叔不是要来我家吗？"聪子这么一问，门仓说："我正要走，我送了西瓜，你快进去吃。"说着挥挥手就走了，好像喝醉酒般脚步踉跄。

"再见！"即便聪子呼喊，他也没有回头。

在酒席上，仙吉被门仓纠缠。

他要求仙吉做余兴表演，但他向来没什么才艺，只会吃，所以开口叫门仓饶了他，门仓这时却叫他模仿小狗。

"模仿狗太难了啦。首先，我就没养狗。"

"照你平时那样做就好了。跟在别人屁股后面摇尾巴，握手，起立，转圈。"

"你这是什么意思？"

艺伎的拨弦声骤然停止。

"水田这家伙，老是说自己没有才艺，其实明明有。'擅长让人请客也是一种才艺'。"

仙吉虽然僵硬，还是努力试图挤出笑容。

"门仓，快点道歉。就当这是喝酒讲的笑话，快点道歉。"

"我干吗要道歉？说真话没啥好道歉的吧。对了，还有更贴切的说法哦。你听好，'占人便宜[1]也是一种苍蝇习性'。"

仙吉把杯中的酒泼向门仓。

"别糟蹋酒喔，因为这也是我请客。没掏过腰包的人大概不懂吧？"门仓说着，放声大笑。

"不好意思，你们先出去一下好吗？"

等艺伎匆匆离开后，门仓想替自己斟酒，仙吉却拿手盖住门仓的酒杯。他气得手发抖，却还是不断叫自己冷静点、冷静点。

"门仓，我看你酒量越来越差了。醉成这样，太难看了。若是以前，我会叫你去门外。我很想好好揍你一顿，但我们年纪

1 "占便宜"与"聚集"同音。

都大了，下次我说不定会揍你，毕竟是喝了酒，我就不跟你计较了。”

“没必要勉强不计较。”

“有时酒后才会吐真言。反正勒索才是犯罪，占人便宜不算是犯罪嘛。”门仓又这么补上一枪。

“我只是一个领薪水的小上班族。而你因为军需品热销荷包满满。你的确经常请我吃饭，我家里也一直靠你照顾。但是，这些不都是你的好意吗？即便我们一再拒绝，你还是替我们打点各方面，不是基于友情吗？”

门仓仔细打量仙吉的脸。

“喂，你的脸最近好像变得更猥琐了。”

仙吉还是忍住了。

“每次邀我来这种地方时，不都是你说的吗？你说，算我求你，陪我去喝一杯，能够忘记工作辛苦痛快喝酒的只有老战友。你说你的钱包就是我的钱包，你的皮夹就是我的皮夹。那些都是谎言吗？都是鬼扯吗？”

“我只是觉得，占人便宜也该有个限度。”门仓呵呵笑，“可是还是忍不住脱口而出，‘占人便宜也是一种苍蝇习性’。”

仙吉猛然扑过去，甩了门仓耳光。

“从今天起咱们绝交。”

鼻血滴落在白衬衫上，染上红渍，但门仓无意擦拭，只是拍拍手。

“客人要走了，给我撒盐巴送客。”

仙吉仿佛穿着军靴般，重重发出脚步声离去，门仓倚着柱子闭上眼。别的包厢的三弦琴变成军歌。

脸色苍白归来的仙吉，让多美与聪子在起居室坐下后，宣布自今日起与门仓断绝一切来往。

“万一的万一，那家伙的老婆来访，也不准让她进屋。”

多美与聪子都很错愕，只能像鲤鱼一样张着嘴，面面相觑。

“你们该不会是吵架了？”

“不是吵架那么简单。”

“他当着满座的人让我很没面子，他居然说我占他便宜！”仙吉说。说完他的身体再次颤抖。

多美还是不大了解状况。

“你是说，花人家的钱蹭吃蹭喝的那种占便宜？”

“不然还有哪种占便宜？”

“对不起。”

“比起请客的人，被请的人其实更难受。虽然难受，但我一直以为他懂得那种难受，所以我才会让他请客。”

之后他不停地痛骂门仓。

“你们绝对不准跟他来往，要是被我发现你们私下联络，我可不会放过你们哦。”仙吉如此吩咐。

那晚，仙吉一直辗转难眠，又爬起来坐在被子上抽烟，多美对着他的背影道歉。

“都是因为我不慎让他撞见丑态。因卖给收破烂的太可惜而试穿了丈夫的旧西装，门仓先生会不会觉得你有个小气的老婆，才忽然对你反感？”

默默倾听的仙吉，把香烟“咻”的一声塞进枕畔装了水的烟灰缸中。

“不是那样。”他的声音已不再颤抖，“应该是因为来往太密切了吧。”

多美的凉被剧烈地上下呼吸，仙吉直到天亮还在翻来覆去。

门仓在礼子的文化公寓躺成大字形，看着天花板。

许是因为与仙吉绝交后，也不再去咖啡厅或找艺伎，过不到三天就会来礼子这里报到。每次一来，立刻仰身倒下躺成大字形。即便小守在他的胸口或肚子上玩，他也回应得漫不经心，眼睛哪儿都没看。

洗完东西的礼子，将指尖的水滴落在门仓额头上他也不吭气。礼子摇晃门仓魁梧的身体。

“不要自己憋在心里。”

礼子的眼睛虽细小，却异常发亮。门仓闭上眼不肯让她窥视。

“你就算闭上眼，我也看得见。不要硬撑了，你就去找人家嘛。”

门仓从上方搂紧她生完小孩后胖了七八公斤的身体。

“算了，你不用抱我这个替身，我知道你真正想抱的人。”

“别讲得那么廉价，事情不是那样子。”

右手搂着礼子热乎乎的身子，左手抱着扭动身子爬到父亲与母亲之间的小守，门仓的眼睛还是看着天花板。礼子眼尖地发现他的胡子没有刮干净。在一起将近三年，这种事从来没发生过。

仙吉摊开早报，却一径抚摩下颌。因为期待与门仓东拉西扯讨论时局才需要报纸。一想到再没有说话的对象，好像连铅字都死掉了。

锣鼓喧天炒得火热的人造纤维浴衣，搞了半天不是说只是日本桥白木屋百货店的宣传吗？

所谓的石油危机是真的吗？据说今年秋天就会开始管制，还说会出现烧木炭的汽车，不知是真是假。讲完这些就绝交了。

有班可上的日子还好。最无聊的是星期天，仙吉整天都坐在檐廊上看着院子，将三包金蝙蝠香烟化为青烟。

多美也明显变得沉默寡言，晚餐也很快就结束了。门仓那样说过、要是门仓大概会这样做……以往即便门仓不在场，关于他的话题还是很多，可现在门仓的“门”字都成了禁忌。

聪子这才发现，自己家原来是四人家族。就算没看到人影，门仓时时刻刻都坐在家里的起居室。

“干脆去买条金鱼吧。”

仙吉嘀咕。

聪子记得上个星期天他也讲过同样的话。仙吉想去的不是金鱼店，是门仓家。自己想去的，是石川义彦的住处。她明白了压抑思念的心情不见面原来也是爱。她察觉父亲、母亲以及门仓叔叔，或许都与自己一样。

心不在焉的不只有仙吉。多美正在拆洗和服却心不在焉，所以木屐的脚步声从院子篱笆门传来她都没听见。

眼前是君子的面孔。

多美想逃进家中，但君子拽着她的罩衫下摆就是不肯松手。多美把沾了布海苔[1]的两只手高高举起，保持背对君子的姿势惶恐地缩起身子。

“夫人，不好意思，请你回去吧。”

“门仓就是喜欢你这种地方吧。”她的说话方式率直且温婉，“就这样就行了。你就保持这个姿势，先听我把话说完。”

“夫人，我也想见你，也有话想说。可是我先生说要绝交。”

“门仓最近很没精神，不管说什么都心不在焉。”

“我先生也一样。”

“重点是，我觉得很没意思。”君子的声音是以往从没听过的，带着不胜唏嘘的味道，“过去，每到周日他都待在你家，另外也有很多地方可以消磨时间，所以总是把我一个人丢在家里。可是，那也就算了，我有时吃醋，有时歇斯底里，有时有点愤恨地过日子。那就是我的生活。最近，门仓的确待在家里了。但是，躺在

1　布海苔：又称鹿角菜，是一种海藻。自古以来作为糨糊使用，黏性不强，因此多半用于为衣料上浆。

我家起居室与日光室的，是门仓的空壳子，是尸体。”

君子放开罩衫，似乎是认定多美不会再逃走。

“女人啊，和尸体一起生活，一点儿也不开心。活得生猛有劲，忙着工作、赚钱、吃喝玩乐的那个人，虽然让我难过，但至少能切实地感觉到，‘啊，我是这个人的妻子’。”

君子凑近多美的脸说：“水田太太，你看，我变老了吧？”

“请在你先生面前讲讲好话，虽不知发生了什么事，还请像以前一样与门仓来往。”君子如此鞠躬恳求。

多美也摘下包头发的手巾，比君子腰弯得更深地行礼。自二楼下来的聪子，不确定如果端茶给君子是否会被仙吉骂，最后她决定还是要端茶，却又想再多听一点儿两个女人的对话，于是踟蹰不肯去厨房。

许是因为心不在焉，仙吉走在路上开始经常撞到人。这种事屡屡发生，所以已经不足为奇了，但这次感觉是对方主动撞过来。而且，顺势一屁股坐倒在地的老人，唯有嘴巴特别厉害。

“你走路时眼睛看哪里啊？！”

正赶上在目黑车站下车的人潮。上班族与工人下班的时段，相当拥挤。

“是你撞到我才对吧？”

仙吉伸出手。老人似乎超过七十岁。虽然猛喘粗气，却拒绝他的手，只顾瞪视他。

“你还好吧？”

仙吉把老人抱起来，替他拍拍衣摆的尘土，眼前就是卖关东煮与热酒的路边摊。

“还是先歇个腿休息一下比较好。”仙吉开口邀约，因为老人很像死去的父亲初太郎。

“你是哪里人？”

“你有亲人吗？”

不管问什么老人都不吭声，只顾着大快朵颐地吃关东煮，以猥琐的动作喝杯装清酒。

“你跟我死去的老爸很像，所以我猜想，你们说不定是同乡。”

“两个眼睛、一个鼻子，一个嘴巴、两个耳朵。说穿了，人类全都长着同样的面孔。”

不知是被香烟的烟油熏坏了，还是靠嗓子做买卖，老人的声音沙哑。

“你说得没错，不过，暂时可能再也看不到日本人的面孔了。”

“你被征召了？”

“这个年纪不会收到兵单。我是做药品的，南方要成立分公司，我想让公司派我过去，到处交涉之后，今天终于确定了。”

“在日本混不下去了吗？”

仙吉仰头大口喝酒。

“我朋友迷恋上我老婆。不，那种感情用迷恋来形容太可悲了。应该说是‘思慕’。”

他缓缓转动装了酒的杯子，急着赶回家的人群与街灯恍如走马灯旋转。

“当然那种事绝对不会说出口。我老婆也是个很保守的女人，明知如此还是故作不知。我朋友叫作门仓，他是个好家伙。或许该说是志趣相投吧，我和他的交情也一直比父母兄弟还深厚，但他突然找我吵架。我也是急性子，当下就宣称跟他绝交，但事后我才知道，门仓那家伙，八成是觉得必须到此打住吧。”

酒杯的走马灯，融入酒水后氤氲模糊地旋转。

“如果那份感情变得更深，会造成无法收拾的结果。这些年来珍视的东西，会染上污点。”

不知到底有没有在听，老人狼吞虎咽，都被噎到了还在灌酒。

“我们是无关利益得失的朋友，在他面前我什么都能说。只要和他在一起，就算吵架也很快活。”仙吉仰头又喝了一口，“一个人喝的酒不是酒。我很想念他。如果继续待在东京，彼此就在眼前，太危险了。为了斩断自己的思念，必须走得远远的，我是这么想。”

“再来一杯。”老人竖起肮脏的手指，催促他叫酒。

“就当是听我说痴心话的费用吧。”仙吉也替自己又叫了一杯。

“我女儿也爱上不该交往的对象，我心想只要把她一起带走，那就万事圆满解决了。”

“就男人而言，哪个更好？我是说你和你的朋友。”

“是他吧。他很有男子气概，手头阔绰。不，即便是个性，他也绝对比我好太多了。”

“那你老婆爱哪一个？”

仙吉想了一下，“一半一半吧？”他回答。他渴望这么认定，他希望是这样。

“真是幸福的男人。”

“你说谁？”

老人指向仙吉后，开始哼歌。

“是假装喝醉，趁机偷走了吧。”

“还没有被偷走啦。不，那家伙，一辈子都不会偷。”

“怀里放了宝贝，人家当然会出手。”

“说得也是。”

“我是不知什么南方、北方，但我劝你还是别去了。把怀中宝贝紧紧按住，提高警觉过日子会更有意思哦。”

老人摇摇晃晃站起来，再次倒向仙吉后，说声“谢谢招待”就走了。

“怀里放了宝贝人家当然会出手……是吗？这话说得好。”

他一口喝干剩下的酒。许是因为吐出胸中块垒，终于在睽违多日后尝出酒味。

“多美那家伙，也算得上宝贝吗？”

“喂，结账！”仙吉手一伸进口袋，醉意忽然醒了。他的皮夹不翼而飞。

正要关上遮雨板的多美，发现聪子对着檐廊的玻璃门伸长舌头，不禁吓了一跳。“舌头真的咬得断吗？”聪子说。

“不是有咬舌自尽这种说法吗？舌头比黄萝卜还硬吗？有牛

筋那么硬吗？”

如果不让我见他，我就死给你们看。仿佛被女儿这么威胁，多美慌忙撇开眼。

“那是你不懂啦。舌头这种东西啊，看似柔软其实很硬哦。万一把牙齿弄断了怎么办？”

“妈，你才没知识呢。”就在遭到女儿反击时，仙吉回来了。

他在玄关一边松开鞋带，一边宣布：“我决定去爪哇了。”

因为太突然，多美与聪子都一头雾水。

“爪哇要成立分公司，公司决定派我去当分店长。”他看着多美，看着聪子，“你们也跟我一起去。”

两个女人，以细不可闻的声音启唇想说些什么。

仙吉只看多美，平静地继续说道：“我不勉强，如果不愿意就留在东京也没关系。”

“我跟你去。”多美说。

“既然是夫妇，这是应该的。你说什么傻话。”

“爸，我……”

仿佛要封住刚开口的聪子嘴巴，仙吉赶紧阻止了她。

“这不是站在门口可以讨论的话题。聪子，快点把门锁上。”

聪子走下脱鞋口。她正想锁门时，手停住了。格子门外，站着某人。映在毛玻璃上的形体是个男人，个子很高。

“门仓叔……”

仙吉不让她说完就怒吼：“你还在磨蹭什么！还不赶紧锁门！”

“可是门仓叔叔……”

“关灯啰。”他“啪”地熄灭玄关的电灯，抬头挺胸地想朝起居室走去。

“喂，今晚我不洗澡了。”

“老公，等一下！”多美喊着，又把灯打开。她光脚冲下脱鞋口就想开锁。

“不准开门，你敢开就离婚！”

多美开了门。门仓站在玄关门口，仙吉依旧背对门口站在走廊口。

“门仓先生，我们一家要去爪哇了。”

“爪哇……”

“那是很远的地方吧？暂时……说不定永远都见不到面了，彼此又不是仇人，背对着说再见，我会很难过。”

聪子头一次听到母亲这样的声音。那是拼命的声音。虽然拼命，却很妩媚。

“不是感情融洽地相处了二十几年吗？至少……”

多美的声音忽然变成哭腔。

“水田。”门仓的声音也带着湿意。他从门槛外，朝仙吉的背影呼喊。

“恭喜你升职。”

仙吉“嗯，嗯”地发出声音点头。

“那边很热，要小心汗疹与疟疾。”

“你也不要因为军需热销……军需热销就得意忘形。你只要得意忘形，一定会赔大钱。”

“我知道。那我走了，保重。”

门仓强忍几欲夺眶而出的热泪，看着多美，看着聪子。就在他要关上格子门时，仙吉出声叫他等一下。

“进屋喝一杯再走。”

聪子急忙冲过去，把门仓拉进屋里。

门仓坐在固定的老位子。三年前替仙吉找到这间房子后，他每次都坐在那里。对面坐着仙吉，中间夹着多美。而聪子，就从起居室看着多美替两人倒啤酒。

两个男人刻意不看对方的面孔，有点不自在地碰杯。三人似乎都在搜寻腹中话语。聪子忽然恨起母亲。把自己的丈夫与门仓放在天平两端。自己在中央享受微妙的摇摆，岂不是像弥次郎兵卫一样？

她觉得父亲也很诡异。明知好友迷恋自己的妻子，居然还风平浪静地来往了二十年，这是卑怯还是狡猾？

“爸爸其实是利用门仓叔叔，把妈妈拴在自己的身边吧？”如果这样说出口，大家不知会作何表情。

她也有话想对门仓说。“如果你真的喜欢我妈，用尽全力把她抢过来不就好了？”正因为聪子喜欢石川义彦，正因为想见却不能见，满怀说不出的情感，她更想把郁愤砸向三人。她想高喊什么无法挽回的话语，把三人之间的平衡彻底摧毁。蓦然回神，她已插入三人中央，对门仓恳求让她寄宿。

“我想留在东京。”

“不可以。这种时局下，一个大姑娘家怎么能独居，想都别想！”仙吉的太阳穴暴起青筋。

“如果不放心，让门仓叔叔和婶婶盯着我不就行了？”

“不可以，我绝不准许你那么任性。”

“那我要咬舌自尽哦。”

聪子豁出去吐出舌头，像要立刻咬舌般抵在齿间。

“如果不答应，我真的会咬舌哦。”

她把舌头抵在齿间叫喊，所以发音变得有点大舌头，仙吉与多美、门仓嚷着“千万别做傻事”惊慌地阻止她。

这时玄关响起男人的声音。

“有人在家吗？”

“啊，是义彦！”

聪子像要踹倒纸门似的一阵风冲向玄关。

石川义彦站在门口。

“我收到召集令了。”义彦对站在聪子身后的仙吉说。

“一周后就要入伍。”

聪子一句话也说不出，面无表情地站着。仙吉以勉强挤出的声音说：“祝你一切顺利。”

义彦行以一礼：“谢谢。”

他坦然接受。

然后，他就这样对聪子点个头走了。仙吉像要甩开什么似的，抬脚准备进和室，但多美紧追不放。

“老公，不用敬他一杯酒或什么的吗？”

聪子脸色苍白地倚柱而立，门仓朝她喊道：“你还不赶快去追他！”

正要往里走的仙吉与多美当下驻足。

“今晚，你不回来也没关系。”

“门仓！”仙吉低声咆哮，正欲转身，却被多美用身体挡住。门仓像要乞求同意般看着多美。

“叔叔负全责。”

他催促呆立原地的聪子。

聪子发白的嘴唇颤抖，好像低声说了一句“谢谢”，但就连门仓也没听清楚。

“聪子，现在，是最美的哦。”

“和你妈妈一模一样。”门仓把这句话咽回心底，拍拍聪子的肩。聪子的眼睛好似因泪水而膨胀。仙吉的背影像蒟蒻一样颤颤巍巍，可见他大概也正吞声暗泣。三人听着聪子跌跌撞撞远去的木屐声。

那晚，聪子没有回家。

两个男人默默饮酒。

“那小子，不会活着回来了。”

仙吉冷不防地说。有传言说，凡是被特高盯上应召入伍的人绝不可能生还。“聪子今晚这一晚，就是一生呢。”门仓忍住想这么说的冲动。

多美很懊悔没有让聪子穿上最好的礼服出门。就让她那样穿着有补丁、放在被子底下压平、皱痕频繁得已泛起难看光泽的裙子，把她嫁出去了……

许是因为头一胎生得太久，聪子出生时脑袋很长，头型就像柿子的种子。

“头顶这么尖，将来出嫁时没办法绑高岛田发髻哦。”

仙吉神情异常认真地担心这个问题。以战战兢兢的动作接下话头的门仓说：“揉一揉就没事了啦。听说我刚出生时也是比利坚[1]，但我奶奶揉一揉就变圆了。”

说着就像打磨国旗顶端那颗金球，小心翼翼地揉给他们看。门仓每次来都会抱着聪子，以同样的动作努力搓揉那颗小脑袋。许是揉了太多次，聪子变得毛发稀疏。

1　比利坚（Billiken）：是尖头裸体人偶，美国的福神。1908年由美国女艺术家设计，名称取自当时的总统昵称。明治末年传入日本后，被当作吉祥物与守护神风行一时。

“就算头型矫正过来了，头发这么少也不能绑高岛田髻。”

被仙吉这么抱怨后，门仓道歉。不知从哪儿听来的，他说头发少的小宝宝最好把头发剃掉，剃过之后会长得更浓密，于是把聪子带去理发店，整个脑袋剃得光溜溜。即便是小婴儿大概也觉得丢脸，哭得跟着火似的。

大概是从头上引来感冒，那晚聪子发烧了。仙吉大怒，多美也掉下了眼泪，门仓跪在小聪子的枕畔道歉。

七五三[1]时，宛如涂漆套盒般的高级木屐，还有小学一年级时的书包，全都是门仓硬要赠送的礼物。当时书包还很罕见，聪子在学校被欺负哭着回来。那时，门仓也是跪地道歉。

在聪子十九年人生的相簿里，无论是明是暗永远都有门仓在。

坐在看着黑暗的院子喝酒的两个男人中间，多美从门仓抽光的香烟盒取出银色铝箔纸，贴成银球。手上如果不做点活计，总

1　七五三：三岁的男女童、五岁的男童、七岁的女童于 11 月 15 日穿礼服去神社参拜，祈求孩子平安成长的节日。

觉得坐立不安。

拿铝箔纸做成球的捐献运动正在流行。

与门仓闹翻后，仙吉独处时一天只抽一包烟，所以最近银球迟迟没有变大。

倒下的酒瓶很多，两人的话却很少。

门仓没有道歉说自己讲话太过分，仙吉也未置一词，但多美觉得八成不会去爪哇了。门仓应该会像过去一样经常来访吧。银球应该会因两个男人抽光的烟盒变得越来越大吧。她所知道的仅止于此。虽然不知这银球会变成飞机还是子弹，但这种东西真的能对国家有所贡献吗？一如大家的结局，多美毫无头绪。

后记
梦想成真

“这只是我的梦想。”

我记得我先这么声明后才说。

“若能请到中川一政[1]老师题字，就太美好了。”

脱口而出后，我心想自己初出茅庐说什么不知天高地厚的大话啊，顿感不胜惶恐。

不料，梦想竟成真。

不只是题字，老师甚至愿意替我做装帧设计。我发呆了一两天。喜悦与感动过大时，我会习惯性发呆。

我虽以写字为生，却写了一手举世罕见的丑字。听说有“耳

1 中川一政（1983—1991）：日本西画界的大师，获颁文化勋章。

濡目染”这种说法后，自十五年前起便将中川一政老师的墨宝挂在墙上，早晚猛盯着看，但不知是看的方法不对还是范本太厉害，我的字反倒越来越丑。虽然无效，但对我而言，中川老师的伟大仅次于神明。

而且，老师的装帧设计比我的文章还早完成。

“看到这个之后，向田君也会早点动笔了。”

听说老师如此表示，我再次不胜惶恐。

不像样的文章内容虽非“人要衣装，佛要金装”，到底还是以福报深厚的外衣问世。

过去我向来很少做梦。或许是害怕做了梦却无法实现的落寞。我觉得自己胆小又卑怯。

人果然该有梦想啊，年过五十的现在，我如是想。虽然梦想多半无法成真，却也有成真的梦想。

1981年初夏　向田邦子

解说

山口瞳

昭和五十五年（1980年）即将落幕的时候，日本文学振兴会的人给我打了个电话。“喂，这是怎么回事？”从声音就能听出他的为难。此前，就在我被选为直木奖评委之后，我推荐了刊载在《文艺春秋》别册上的《阿吽》，作为昭和五十五年上半期直木奖的候选作品。我也是那时才知道，评委似乎也是能推荐作品的。推荐后，就会有专用的表格寄到你家中。但是，以评委的身份推荐的话会引起非常高的重视，绝不是随便说着玩玩的程度。我的脑子还有些发蒙，下意识地退却了。“那，就麻烦当作没这回事吧。”向田邦子，还为时尚早，等到下半期再说也未尝不可。我也曾这么对自己说过。

然而，向田邦子却以其短篇小说合集《回忆，扑克牌》中的三篇获得提名，并最终获奖。她的获奖并不是一蹴而就，而是评委们相当激烈地争执后得出的结论。我自始至终都在力挺向田。对于说她“不够大气”“还为时尚早”等说法，我虽然并不否认，但若将她的作品和其他候选作品对比一下，我就无论如何也不能允许向田落选。在争论中我也曾想：“完了，要是推荐《阿吽》时能更坚定些该多好。若是面对《阿吽》这种作品，别人是无论如何也做不出‘不够大气’这种评价的。”要是那次向田最终落选，我恐怕永远也无法逃出自责的深渊。

如今再读《阿吽》，我首先想到的是向田之所以在写完这本书后猝不及防地离开了我们，就是因为神明太过妒忌她的才华。“天妒英才”这种说法难免浪漫得过头，也的确有些言过其实，但这就是我最为真实的想法，因为我又一次被这本书打动了。

若要用一句话概括《阿吽》这本小说的情节，那就是“门仓修造与水田仙吉奇妙的友情”。在此基础上再加一句的话，就是

“门仓与水田的妻子多美的柏拉图式的爱情”。

在此，我想说一些极其主观的感想。门仓与水田的友情，像极了我和梶山季之[1]的关系。梶山就像爽朗可靠、女人缘极好的门仓，我则是优柔寡断的水田。书中有个场景，是门仓为了断绝与多美的恋情，故意与水田发生冲突。我和梶山间也同样出现过这种状况。有次我和梶山一同出去巡讲，在其中一个会场，梶山说“那家伙要是偶尔也能付一次银座酒吧的账就好了”。坐在昏暗的会场深处的我听完直接愣住了。不过转念一想，我又从中体会到了梶山对我的感情之深。这要是换作别的男人，我难免会和他干上一架。再多说一句，和梶山在银座喝酒，想要抢在他前面结账是不可能的。很多和他喝过酒的人应该都会有这种感觉。他有一诨名叫作“高速梶山”，往往你还没发现，他就已经结好账离开了。而且他多数时候都是叫上一大堆朋友一起喝酒，偶尔和我两人聚会时则都是AA制，若是去我常去的店，则都是由我

1　梶山季之：日本小说家、记者。写了许多类型小说，山口瞳的挚友。

来埋单。也就是说，梶山是故意做给别人看的。男人间的友情，处得深了，就难免会变得如此。两人从互生好感到情似至亲，随后迎来的就会是相爱相杀。我始终不知道，向田邦子作为一个女人，是如何理解这种本应只有男人才能理解的心境的。我甚至因此开始畏惧、嫉妒她的这种才能。不过，最终我对她的感情，只有赞叹。

水田的父亲初太郎是位山林业者，和我的父亲很像。水田同初太郎的关系，也像极了我同我父亲的关系。最初读《阿吽》时，我甚至产生了向田就是在写我家的错觉，进而疑惑她为何这么了解我、了解我家，以及我和梶山的事呢？恐怕诸位读者在阅读此书时，也会产生和我一样的感慨吧。

向田邦子就是如此，她笔下的人际关系真实得可怕。这种小说真的世间罕有。

我以前曾如此写过：“向田邦子的身体里寄宿着三个灵魂：爱捣蛋的少女、欢脱的少年，以及已经达到人生赢家境界的中年女性。她笔下的每一个文字，都能品出三种不同的乐趣。”

现在，借此文我还想再向她心中添加一个形象，那就是饱受磨难的成熟男性。

我也曾撰文提及，《阿吽》这本小说是昭和时代反战文学的杰作。不论是门仓还是水田，都是典型的日本战前的市民。水田从夜大毕业后当了制药公司的部长，门仓则靠着机敏的嗅觉当上了实业家。这两人无一不是对战争、军队的动向以及国际形势一无所知的愚者。他们不是激进的爱国者，在世间仅是随波逐流罢了。战前的“昭和的日本人”完完全全就是如此。虽然他们还算是稍有学识，过着中上流的生活，一心向上，但这也正是他们最大的悲哀。

《阿吽》不论作为恋爱小说还是讲述友情的小说都堪称完美，但同时，我也从中真切地感受到了剧作家与小说家的不同。譬如，门仓主动挑起与水田的冲突的原因，为何非得是他与多美的感情纠葛不可呢？为什么这么像电视剧的套路呢？要是我来写，他们冲突的原因只会是男人间过于亲近导致的相互憎恶罢了……虽说《阿吽》这部小说在出版后很快就被翻拍成了 NHK 的电视剧，但实际上，恐怕向田的大脑中先出现的不是文字，而正是这些电视剧的场景吧。我这绝不是在吹毛求疵。事实上，就门仓向水田挑起冲突的契机，电视剧中的表现十分精彩。多美穿着水田的白色麻织夏服照镜子时，被门仓偶然看见了。读到原作中“门仓手里提着西瓜，像被雷劈过全身一般定在原地”的描写，我不禁落泪。这一场景，以画面来呈现的确更具魄力。

以个人的喜好而言，我更喜欢这部小说的前半部分，尤其是第一章“狛犬”。而第一章中，又属开头的场景为最。

自己喜爱的人们来到了东京，而自己将为他们献上自己全部的关怀。对于生而在世的每个人来说，应该没有比这更激动的事了吧。向田邦子笔尖流露出的幸福喜悦在此流露于纸面。为了迎接喜爱的人，门仓自己烧着洗澡水。这个场景妙极了。

她写的虽是如此的句子，却直白地表现出了门仓心中的喜悦。

可是，不知诸位读者有没有察觉到，到了书的后半部，向田邦子的笔调却不知为何突然低沉了下来。不，可能只有我有这种感觉吧。

我不太喜欢用“向田邦子似乎是知道了自己的死期”这样的说法。比起故作神秘，我更愿意这么说：她的人生结束得实在完美无缺。《阿吽》不仅被她当作毕生的事业，同时也无疑是她无论如何都想创作的故事。由此，杰作应运而生。不过，她也仍有许多其他想要书写的东西。想再写些小说，也想写更多剧本。时不我待，于是便产生了某种压力，或者说紧迫感。从作品的性质、主题与内容来说，《阿吽》原本是那种需要小说家花费三四年的精力、不慌不忙地书写的作品，而她却抛去了所有类似的顾虑。不得不感慨，她真不愧是位彻头彻尾的战中派作家。对于这部作品来说，到底是悠悠然地创作更好，还是以现今这样的形式，将如此庞大的内容一股脑地置于读者与观众眼前更佳呢？我至今仍未想出答案。

（解说翻译：单元皓）

图书在版编目（CIP）数据

阿吽 /（日）向田邦子著；刘子倩译．— 北京：
中国友谊出版公司， 2018.6
ISBN 978-7-5057-4311-3

Ⅰ．①阿… Ⅱ．①向… ②刘… Ⅲ．①长篇小说—日本—现代 Ⅳ．① I313.45

中国版本图书馆 CIP 数据核字（2018）第 048065 号

著作权合同登记号　图字：01-2018-3832

书名　阿吽
作者　〔日〕向田邦子
译者　刘子倩
出版　中国友谊出版公司
发行　中国友谊出版公司
经销　新华书店
印刷　北京嘉业印刷厂
规格　880×1230 毫米　32 开
　　　7.25 印张　100 千字
版次　2018 年 8 月第 1 版
印次　2018 年 8 月第 1 次印刷
书号　ISBN 978-7-5057-4311-3
定价　38.60 元
地址　北京市朝阳区西坝河南里 17 号楼
邮编　100028
电话　（010）64668676

文治 wénzhì
微博：http://weibo.com/wenzhitushu
小站：http://site.douban.com/wenzhi